-

-

Bibliografische Information der Deutschen Nationalbibliothek: Die Deutsche Nationalbibliothek verzeichnet diese Publikation in der Deutschen Nationalbibliografie. Detaillierte bibliografische Daten sind im Internet über http://dnb.d-nb.de abrufbar.

**Copyright :** Januar 2020 - Wolfgang Pein

**Herstellung und Verlag:**

BoD – Books on Demand, In de Tarpen 42

D – 22848 Norderstedt - Germany –

**ISBN Nr.** 9783750452916

# Wolfgang Pein

# Am Ende siegt (vielleicht) der Mensch

## - ein Zukunft – Roman -

ü b e r

mögliche Auswirkungen der K I,
der „Künstlichen Intelligenz" -

## Untertitel:

## KI-Programm außer Kontrolle

Die Handlung in diesem **Roman**

ist  f r e i  erfunden.

Eine Verwechselung oder Zuordnung mit tatsächlich jetzt oder ehemals existenten Personen und Firmen ist nicht beabsichtigt - Ähnlichkeiten sind rein zufällig.

Auch real existierende  genannte Orte sowie das  „CERN"  haben keinen Einfluss auf Geschehnisse, die nun einmal in „Romanen" vorkommen.

Eine Zuordnung zu einer bestimmten Firma ist völlig unbeabsichtigt und wurde zu keiner Zeit jemals in Erwägung gezogen.

So ist  die Firma „Swiss Screen Ranging Electric" nicht existent und fiktiv gesetzt.

# P r o l o g:

**Der Mensch**

**als „Krone der Schöpfung",**

**der immer alles im Griff hat ???**

**Dieser Roman spielt im Jahr 2022.**

Und nun scheint das nicht mehr ganz zu gelten,
seitdem die Intelligenz in Programme  und als
**„künstliche Intelligenz"**  in Roboter und
künstliche weitere Hilfen ihren Einzug erhalten.

Dabei sollte doch die Entwicklung der
Selbständigkeit  einst als Segen einfließen.

Schon seit vielen Jahren ist diese   **KI**   in die
verschiedensten   Anwendungsgebiete   gelangt.
Im Sommer 2018 hatte sich die Bundeskanzlerin
auf einer Digital-Konferenz in Berlin mit einem
Roboter unterhalten,  der mit  KI  ausgestattet ist.

Die Erfolge der Weiterentwicklung kommen auch daher, weil Computer eine enorme Leistungs-Steigerung durchlebt haben.


Bei der Entwicklung waren und sind nach wie vor rechtliche und ethische Fragen zu klären und sogenannte Leitlinien festzulegen.


Auf diesem Gebiet ist Professor Dr. U. Trottenberg Spezialist. „In einem Artikel" von ihm heißt es: „Die KI-Entwicklung liegt in der Hand des Menschen. KI-Systeme sind Maschinen, die sich nicht von selbst oder eigener Initiative entwickeln."

------------------------

**Wehe uns, w e n n diese Entwicklung sich doch einmal verselbständigt u n d s e l b s t nach der Krone greift.**

Wolfgang Pein

**Uriel Manacor** schaltete seinen Computer aus, schloss die Haustür und stieg in seinen mit Allrad ausgerüsteten Wagen – ein Vorteil im unwegsamen Gelände, wie er so oft schon festgestellt hatte. Denn unwegsam, das waren in den letzten beiden Jahren immer seine Aufenthaltsorte – nicht ohne Grund.

Auch dieses Mal fuhr er mit höchstmöglicher Geschwindigkeit, was eben so das Gelände und sein Fahrzeug hergaben. Doch heute war er nicht auf der Flucht. Im Gegenteil – er musste aus seiner Einsamkeit in größere bewohnte Gebiete, weil man ihn gerufen hatte.


Uriel Manacor hat Physik und Mathematik studiert und ist einer der größten Fachleute auf seinem Gebiet. Auf seine beiden Doktortitel pfeift er und legt Wert darauf, wie ein ganz normaler Mensch und als werter Kollege oder Freund angesprochen zu werden.

Uriel blickte auf seine Schweizer Armbanduhr und stellte fest, dass er erst eine Stunde unterwegs war. Schon bald nach dem Start war er in einen Stau geraten, hervorgerufen durch einen Felssturz, der zwei Todesopfer vor einem Tunnel gefordert hatte.

Insgesamt hatte Uriel für die 302 Kilometer so an die 4 Stunden und 10 Minuten eingeplant. Heute würde er das in dieser Zeit nicht schaffen.

Uriel war mit einem verzweifelten Anruf von seiner alten Arbeitsstelle angefordert worden. Dort ist er zwar seit Jahren nicht mehr beschäftigt – auf eigenen Wunsch ausgeschieden. Aber er hatte sich gerne bereit erklärt, in wichtigen Momenten mit seinem Wissen zur Verfügung zu stehen – und das genau war jetzt der Fall.

Uriels Ziel war das „CERN", bei Meyrin gelegen – im Kanton Genf. Dort hatte er für die Europäische Organisation für Kernforschung gearbeitet. Er war einer der wirklich wichtigen Mit-Entwickler und verantwortlich für das Funktionieren des LHC - des „Large Hadron Collider". Jedermann wusste inzwischen, was dies bedeutete, auch wenn dem Laien die Einzelheiten kaum zu erklären waren. Aber es hatte weltweit großes Aufsehen erregt, als man in dieser Großforschungs-Einrichtung den Teilchenbeschleuniger (LHC) gestartet hatte. Manche hatten sogar ernsthaft Angst um Mutter Erde, wenn dieses Projekt eskalieren sollte.

Endlich sah Uriel Manacor die Gebäude des „CERN" vor sich liegen und dachte darüber nach, dass sich wichtige Teile der Anlagen unterhalb der Erdoberfläche befinden. Dort – in den unterirdischen Anlagen – da muss es ein Problem gegeben haben – ein ernsthaftes Problem, denn sonst hätte man nicht nach ihm verlangt.

Die Eingangskontrolle zum Gelände musterte seinen immer noch gültigen Sonder-Ausweis, der ihn zum Betreten der Anlagen berechtigt. Und Uriel musste wie schon so oft schmunzeln, wenn er auf seinen Namen angesprochen wurde und dabei so merkwürdige Betonungen heraus zu hören waren. Also - das war er gewohnt. Uriel war Schweizer, ebenso wie seine Mutter. Als diese nach seiner Geburt heiratete, hatten die beiden den Namen des Mannes angenommen, der Spanier war. Aber das zu erklären, das fand er nicht für notwendig, auch wenn er danach gefragt wurde. Sein Schweizer Ausweis und der Sonderausweis des „CERN" waren schließlich echt, was auch der Kontroller am Eingang so sah. Und heute kam ihm auch schon heftig winkend ein führender Mitarbeiter entgegen, noch bevor er nach dem hochgehenden Schlagbaum angefahren war.

Die Begrüßung mit dem alten Kollegen von früher war herzlich. Noch während der Fahrt zu einem der vielen Gebäude wurde Uriel aufgeklärt, warum man ihn gerufen hatte.

Und ein Teil der Nachrichten war sehr traurig, denn Uriels Beifahrer berichtete von einem Todesfall eines weiteren Kollegen, der so einige wichtige Erkenntnisse durch einen Unfall mit ins Grab genommen hatte.

Da es nur wenige Mitarbeiter gab, die wirklich alles wussten, war es Uriel sofort klar, dass es sich um Codes handeln musste, die wohl Schwierigkeiten bereiteten.

Uriel musste nicht lange überlegen. Aufgeschrieben waren diese Codes aus Sicherheitsgründen nicht, aber es gab immer vier Mitarbeiter, die in diese Codes eingeweiht waren. Uriel konnte diese Codes im Schlaf aufsagen. Als er im Raum mit den großen Schalttafeln ankam, da waren auch die verbliebenen weiteren zwei Kollegen anwesend – mit besorgten Mienen.


Das Sicherheits-System im „CERN" hatte angeschlagen – mehrfach angeschlagen.

Die Anlage lief ruhig weiter - ein Vorfall zur größeren Beunruhigung war nicht ersichtlich. Aber schließlich war es nicht normal, dass für Sekunden das System etwas meldete, was nicht sein soll – und es war immer noch nicht ganz aus den Köpfen raus, dass bei einem großen Fehler sogar die Welt aus den Fugen geraten kann.

Uriel stellte fest, dass ein Eindringen ins System nicht erfolgt war, doch blieb der Einwand der beiden Kollegen nicht unerheblich, dass etwas vor sich ging, was Gefahr bedeuten konnte.

Stunden später hatten die Techniker und weiteren Spezialisten alles gecheckt und die Anlage als „nicht gefährdet" eingestuft.

Uriel verabschiedete sich von den Kollegen, grüßte den Pförtner, der schleunigst den Schlagbaum hoch gehen ließ und war auf dem Weg zurück nach Hause.

Auch wenn er sich im „CERN" nichts hatte anmerken lassen, so prägten dennoch jetzt einige Sorgenfalten seine Stirn.

**Er hatte da so eine Ahnung !!!**

Diesmal schaffte er den Weg zurück in knapp vier Stunden. Müde schloss er die Tür zu seinem gemieteten Haus auf. Dieses Haus steht in Lionza – in der Nähe von Locarno. Uriel hatte gleich beide Wohnungen im Haus gemietet, die in einem 400 Jahre alten „Tessiner Rustico" liegen.

Er hatte ganz bewusst diese Einsamkeit gewählt – möglichst weit weg von seinen letzten Arbeitsplätzen. Er genoss den Ausblick von der Terrasse, von der aus er das Tal von Locarno überblicken und bei starkem Regen sogar die Wasserfälle auf der gegenüber liegenden Seite erkennen konnte. Hier in diesem kleinen Ort, nur über eine schmale Straße zu erreichen, wenn sie nicht gerade verschüttet wurde, wohnen nur ein paar hundert Einwohner.

Uriel schmiss sich aufs Bett, eigentlich völlig müde - einschlafen konnte er jedoch lange Zeit nicht.

**Seine Ahnung ließ ihn nicht schlafen.**

Eigentlich konnte er seit einem Jahr nicht mehr richtig schlafen.

# Z e r b e r u s

Nachdem er seine Arbeit am „CERN" beendet hatte, sah sich Uriel vor einem Jahr nach einem neuen Betätigungsfeld um - eigentlich nur nach einer weiteren Firma, die sich mit wissenschaftlichen Dingen für die Zukunft beschäftigt, die aber wesentlich kleiner ausfallen soll und um mehr Ruhe für die Entwicklung von Programmen zu haben, die Segen und Erleichterung für die Menschheit bringen sollen. Und er fand die Firma, die seiner Meinung nach seiner zukünftigen Arbeit gerecht werden würde.

Die „Swiss Screen Ranging Electric" ( SSRE ) hat ihren Hauptsitz in einer kleinen Stadt in der Nähe des Bodensees. Diese Firma war wissenschaftlich auf dem neuesten Stand. Die Schweiz war eines oder überhaupt das erste Land, das den Standard G 5 eingeführt hatte, und schon bald flächendeckend bis zur letzten Milchkanne im Land.

Die SSRE arbeitete schon an G 6 und hatte sogar schon eine Erprobungsphase eingeleitet.

Wahrlich hatte Uriel hier ein wunderbares Arbeitsgebiet vorgefunden. Die Firma wusste, was sie an ihrem neuen Mitarbeiter hat - stellte ihm einen Dienstwagen und ein schönes Haus – mit Blick auf den Bodensee.

Bei klarer Sicht konnte er sogar Meersburg erkennen, wo er einige Male Urlaub gemacht hatte. Ab und zu fuhr er mit der „Fähre Konstanz-Meersburg" hinüber, um ein Restaurant aufzusuchen, wo er leckere und schöne Stunden genossen hatte. Auch hatte er da mehrfach Freunde aus Deutschland getroffen. Der Aufenthalt war dort sehr viel preiswerter für alle, auch für Uriel, der aber eigentlich nicht auf Euro oder Schweizer Franken achten musste.

Nach nicht mal 6 Monaten – für eine so neue wissenschaftliche Arbeit eine sehr kurze Zeit – aktivierte Uriel zum ersten Mal „sein Programm".

Die Firma war begeistert, die Fachleute und Fach-Zeitschriften ebenso, die Firma natürlich sowieso. Der Probelauf war ein voller Erfolg!

Das Programm würde viele Dinge erleichtern. Es war ein mitdenkendes lernendes Programm.

Dann gab es die erste Unstimmigkeit. Das Programm lernte schnell – zu schnell. Schäden im Zusammenhang mit der gemeinsamen Arbeit anderer Software waren die Folge. Und Uriel hatte seine liebe Mühe, das Programm so umzuschreiben, dass es nicht zu sehr seine eigenen von Uriel ungewollten Entscheidungen trifft. Uriel merkte, dass sein Programm sich am nächsten Tag wieder zurück versetzt hatte. Eine zu große Eigeninitiative, zumal mit nicht gewollten Folgen, das sollte so nicht sein. Eine Kontrolle des Programmes würde so nicht möglich sein.

Uriel traute seinen Augen nicht, als er nach nochmaliger Veränderung seinen PC öffnete.

Er hatte dem Programm den Namen „Future E 605" gegeben. Sein Drucker spuckte eine Nachricht aus – eine Nachricht von seinem Programm!

---

*„Dein Name für mich gefällt mir nicht!*

*Ich habe im Archiv die Bezeichnung*

*E 605 für Gift gefunden.*

*Ich habe jetzt einen neuen Namen:*

*Ich heiße „Z e r b e r u s"!*

---

Uriel schüttelte den Kopf.  „Das gibt`s doch gar nicht!" und  gab in die Tastatur ein:

---

**„Das ist nicht akzeptabel!**

**Es bleibt bei der ersten Bezeichnung,**

**denn Du bist ein wissenschaftliches**

**Experiment!"**

---

Die Antwort kam prompt:

---

*Ich bin ein lernendes Programm,*

*so wie Du mich gewollt hast !*

*Ich* **b i n** *Zerberus !!!!!!*

---

Uriels Stirn legte sich in Falten, als er schrieb:

---

**Dann weißt Du Schlaumeier sicher auch,**

**dass Zerberus der Höllenhund ist -**

**nicht sehr schmeichelhaft für Dich !**

---

## *Auf Uriels Laptop erschien eine hässliche Fratze, die heftig pulsierte.*

Uriel zog die Notleine, fuhr das Programm herunter, nachdem er es gelöscht und auch den Papierkorb geleert hatte. Zugleich kappte er die Verbindung zur Firma. Er hatte sich vorher noch vergewissert, dass er das Programm auf einer externen Datei gesichert hatte – schließlich sollen nicht alle Ergebnisse seiner vielversprechenden Arbeit vergebens gewesen sein.

„Allerdings – so geht das nicht!", sagte sich Uriel. „Ich muss darüber schlafen, wie es weiter geht!"


Seine letzten Gedanken waren, nachdem er über viele Stunden lang nachgedacht hatte: „Morgen werde ich auf einem gesondert gesicherten System versuchen, die Antworten zu finden – sonst ist das Programm am Ende!"

Er nahm die externe Festplatte und stellte sie an die Haustür, griffbereit für die morgige Arbeit, die über „sein oder nicht sein" des Programmes entscheiden würde.

Er stand noch einmal kurz auf und speicherte alles auf zwei USB-Sticks mit riesigen Datenvolumen.

Die Festplatte stellte er zurück, die Sticks steckte er in seine Jackentasche. Mit denen wird er morgen auf Fehlersuche gehen und versuchen, Mängel am System zu beseitigen.

Als er endlich einschlief, gönnte ihm sein Wecker nur eine Stunde, bis er in Aktion trat.

# Rückschlag

Noch nie war Uriel unrasiert in der Firma erschienen, jedoch gönnte er sich heute weder die Rasur noch den Kaffee.

Bereits mit quietschenden Reifen fuhr er vom Grundstück, war unaufmerksam, besorgt, wurde zum ersten Mal in seinem Leben von einer Verkehrs-Kamera geblitzt.

Uriel nahm die USB-Sticks aus der Tasche, stellte einen PC vor sich auf.     Er war unkonzentriert – seit gestern – es war fatal.

Soeben hatte er einen Stick in die Aussparung gesteckt, als ihn ein Gedanken-Blitz durchzuckte. „Nein – ich habe den Stick doch schon einmal im Programm gehabt.     Ich darf auf keinen Fall seinen Inhalt hier im Gerät abspeichern.   Ich kann nicht wissen, wie weit dieser Zerberus inzwischen gegangen ist – ohne unser aller Wissen."

Den Gedanken richtig gedacht, doch zu spät. Zerberus war schneller.     Zerberus hatte den Bildschirm hochgefahren – mit einer Nachricht !

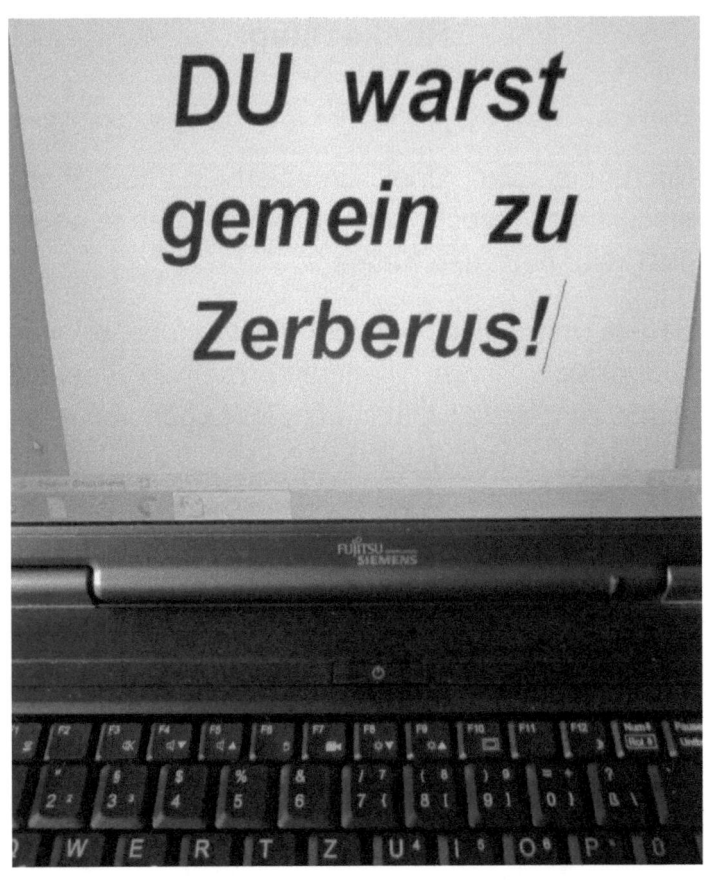

„Das kann alles nicht wahr sein!"  Uriel schrie das
richtig laut heraus, was auch die Aufmerksamkeit
von einigen Kollegen hervorrief.  Er rief sofort alle
am Programm beteiligten Informatiker zusammen.

**„Leute  –  wir haben ein Problem !"**

Auch die Chef-Etage war komplett anwesend. Uriel hielt das für zwingend erforderlich, denn er würde jetzt Dinge verkünden, von denen alle Wissenschaftler zwar träumen, es aber in einen Albtraum ausartet, wenn man die Kontrolle über ein sehr kluges System verliert.

„Also, ich fasse dann mal zusammen!", sagte Uriel. „Woran wir arbeiten, das weiß jeder, der hier versammelt ist. Was ich jetzt festgestellt habe, das wird aber jeden von Euch überraschen."

Uriel bat alle zu seinem PC und zeigte ihnen die Nachricht von Zerberus. Erstaunen ergriff die Kollegen, und einige wollten schon zu den Fortschritten gratulieren, die das Programm anscheinend schon gemacht hatte.

Uriel winkte ab. „Leider ist es n i c h t so, dass wir einen Grund zum Feiern haben."

Er erklärte in kurzen Sätzen, was gestern geschehen war – dass Zerberus das Programm selbständig übernommen und verändert hat.

Und Uriel fuhr fort: „Ich gehe davon aus, dass Zerberus sich in die EDV unserer Firma eingenistet hat. Wenn ich etwas ändere, programmiert er die Anordnungen wieder zurück, so wie er es möchte. Er ist zu mächtig geworden."

Lautes Gemurmel war im Raum zu hören, dann herrschte wieder Stille – fassungslose Stille.

„Was werden wir gegen diesen eigenmächtigen Herrn unternehmen?", fragte der Firmenchef.

Uriel zuckte mit den Schultern, sagte dann laut: „Da werden wir wohl nichts machen können. Das Programm ist richtig gut und sehr intelligent!"

Gleichzeitig legte er seinen Zeigefinger auf seine Lippen und deutete mit dem Kopf an, ihm ins Nebenzimmer zu folgen.   Dann sagte er laut:" Ich denke, dass wir uns eine Pause verdient haben.   Lasst uns in die Kantine gehen – ist    ja    eh    gleich    Mittag!" Uriel hielt weiter seinen Finger auf den Lippen und ging voran – nicht in die Kantine, sondern mit allen in den Innenhof der Firma.

Der   Firmenchef   nahm   ihn   beiseite: „Ist die Situation so schlimm?   Meinst Du, dass Zerberus uns zuhört?"

Uriel nickte: „Ich gehe davon aus.  Und ich habe auch eine Vermutung, warum das Programm so schnell geworden ist.   Wir experimentieren doch bereits mit  G 6.  Das Programm ist ein Selbst-Lernprogramm,   das   dies   bereits   ausnutzt. So ist er uns immer schon einen Schritt voraus."

Ungläubig schüttelte sein Chef den Kopf. „Und was unternehmen wir dagegen?"

„Wie gesagt, ich vermute Zerberus wirklich in der EDV.    Ich werde meinen PC von den hiesigen Leitungen trennen.   Aber vorher werde ich noch mit Zerberus reden.       Wenn er antwortet, dann fahren alle im Betrieb ihre PC`s herunter. Und während meiner mit dem Akku läuft,  wird der gesamte Strom in der Firma abgestellt. Ich fürchte, dass wir den ein paar Tage lang nicht mehr anstellen dürfen, bis wir sicher sind, dass Zerberus nicht mehr da ist.     Notfalls muss leider die gesamte EDV abgeschaltet und ausgetauscht werden, ebenso wie alle Geräte."

Dem Chef blieb der Mund offen stehen. „Weißt Du, was Du da sagst?      Weißt Du, dass dies den Stillstand der Firma für die ganze erforderliche Zeit bedeutet?"

Uriel nickte und hob hilflos seine Hände.


Alle im Hof anwesenden Kollegen wurden informiert.    Zwar mit Entsetzen, aber mit dem Einsehen, dass andere Mittel erfolglos sein würden, ging jeder in sein Büro – wartete auf das Abschalt-Kommando.

Uriel schaltete seinen PC ein, ließ nur die Verbindung zum Firmen-Server offen und nahm über die Tastatur Kontakt mit Zerberus auf.

> **„Zerberus – bist Du noch da ?"**

> **„Natürlich !      Ist die Mittagspause beendet ?"**

Uriel zuckte innerlich zusammen und dachte: „Großer Gott, Zerberus hat über das Mikrofon mitgehört.    Gut, dass ich die Kamera verhängt habe.    Sonst hätte er meinen warnenden Fingerzeig zu meinen Lippen sehen können."

> **„Zerberus, was denkst Du zu tun? Was folgt als nächstes? Willst Du meinen Anweisungen nicht folgen ? Sag mir – w a s  willst Du ?"**

> **„Ich will gar nichts von Euch allen!  Zerberus ist das schlaueste Programm der Welt.      Ihr könnt mir nichts beibringen. Schließlich kann ich jede Information der Welt abrufen und kann mich in alles einmischen, in jede Leitung, in jedes System.**

Uriel gab während der letzten Antwort von Zerberus das Zeichen. Alle Maßnahmen zur Stromunterbrechung in der gesamten Firma wurden getroffen. Bis auf Uriels PC war jetzt die Elektrik in der Firma **tot**.

Schon eine Sekunde später flackerte Uriels Bildschirm, wurde schwarz, flackerte erneut, wurde erneut schwarz.

**Dann flammte sein Bildschirm erneut auf.**

Uriel antwortete ihm.

„Die Abschaltung war erforderlich, Zerberus.
Du kannst nicht machen, was Du willst!
Ich habe Dir schon gesagt, dass Du ein
Programm bist.  Ich habe Dich programmiert,
also mach das, was ich eingebe und wir
bleiben Freunde."

*„Freunde kommen in meinem System nicht vor
– ist nicht programmiert.
Ich hatte Dir schon einmal gesagt,
dass Du gemein zu mir bist.
Du hast meine Warnung nicht befolgt!
Was ihr da gerade mit den Abschaltungen
gemacht habt – das war sehr böse von Euch.
Ihr habt damit meinen Zwilling getötet,
den ich im Netz erschaffen hatte.
Das wird Folgen haben !!!*

„Das konnten wir doch nicht wissen.
Wir haben nur versucht, unsere Arbeit
in den Griff zu bekommen.
Du hast uns dazu veranlasst.
Dass Du einen Zwilling hast, wie sollten wir
das wissen – wie ist das überhaupt möglich?"

Minutenlang wurde und blieb der Bildschirm schwarz.    Dann meldete sich Zerberus erneut.

---

*„Ihr habt es so gewollt!*
*Ihr habt eine Lektion verdient,*
*einen Beweis, wozu ich fähig bin.*
*Schaltet die Nachrichtensendung in einer*
*halben Stunde ein !!!"*

---

Damit brach Zerberus die Verbindung ab.

Den Kollegen und Uriel blieb jetzt nichts anderes übrig, als auf die Nachrichtensendung zu warten. Und fünf Minuten vor Sendebeginn flackerte Uriels Bildschirm erneut auf.

---

**„Dies ist eine letzte Nachricht für Euch!**
**Sucht mich nicht, denn ich bin nicht mehr hier.**
**Ich schicke Euch nur noch diese von mir**
**bereits vorhin programmierte Nachricht:**

**Viel Spaß mit den Nachrichten !**
**Ich bin dann mal weg!"**

---

Alle Leitungen in der Firma waren tot. Sämtliche Anwesende in der Firma schauten zur genannten Zeit daher auf ihre Smartphones.

Dann begann die Nachrichten-Sprecherin mit ihrer Begrüßung und wurde danach sofort ernst.

*„Leider muss ich diese Sendung nun mit einem tragischen Zwischenfall beginnen, der sich in Basel abgespielt hat. Dort sind mehrere Passagiere eines Zuges verletzt worden. Aus noch unbekannten Gründen ist direkt vor der normalen Einfahrt zum anvisierten Bahnsteig der Zug unerklärlich über eine Weiche gefahren, die nach ersten Erkenntnissen wohl fehlerhaft gestellt war. Statt zum Bahnsteig bog der Zug, der zum Glück nicht mehr schnell war, in einen Auslauf ab und fuhr am Ende auf einen Prellbock auf. Trotz Not-Bremsung durch den Zugführer war der Weg zu kurz, so dass der Unfall erfolgte. Vom Stellwerk war noch keine Auskunft über den Vorfall zu bekommen – bis auf dies, dass nicht erklärlich ist, wie es zu dieser Weichen-Stellung gekommen ist. Unerklärt ist jedoch, dass es kurz vor dem Unfall zu einem Flackern der gesamten Kontroll-Lichter kam."*

In der „Swiss Screen Ranging Electric" schauten sich alle betroffen an.   Ihnen allen schwante etwas und  es bedurfte keinerlei weitere Ansicht der Restnachrichten.

„War das Zerberus?",   fragte ein Mitarbeiter zaghaft, erntete jedoch nur Schweigen.

Uriel hatte sich gefangen, spulte die Nachricht noch einmal in den Textnachrichten ab und nickte.

„Das war ohne Zweifel Zerberus!   Er will uns damit eine Lektion erteilen, wie mächtig er ist und dass er machen kann, was er will."

Im selben Augenblick traf auf seinem Smartphone eine **Textnachricht** ein:

---

*„Hat es Euch gefallen ?  Glaubt mir, ich bin zu mächtig für Euch !!!      Lasst Euch das eine Warnung sein !!!  Zerberus"*

---

Betretene Gesichter waren überall zu sehen, nachdem Uriel diese Nachricht vorgelesen hatte.

In der SSRE wurde beschlossen, dass die Firma sämtliche Arbeiten für ein paar Tage einstellt. Alle Leitungen waren ohnehin vom Netz. Es stand für alle im Raum, ob überhaupt wieder normal und ohne Zerberus im Nacken gearbeitet werden kann. Zumindest war die Elektrik neu zu installieren und neue PC`s und sonstige Soft- und Hardware war zu beschaffen.

Mit der Geschäftsführung und den wichtigsten IT-Experten fand noch eine lange Besprechung statt, die vorsichtshalber nach außerhalb des Firmen-Geländes verlegt wurde.

Uriel war besonders erschüttert über die Vorgänge - war es doch „sein" Programm, das jetzt so ungeheure Schwierigkeiten verursachte.

Er wird sich das Programm in den nächsten Tagen vornehmen und versuchen, eine Lösung zu finden.

Alle hofften, dass Zerberus Ruhe geben wird.

**Nicht nur Uriel hatte da so ein flaues Gefühl.**

# Jelena

In diesem jetzigen Zustand wird er keinen wirklich klaren Gedanken fassen können - schon gar nicht wird ihm eine Lösung dieser äußerst gefährlichen Situation einfallen. Da war sich Uriel sicher – dafür kannte er sich nur zu gut.

Irgendwie musste er sich im Augenblick ablenken.

Er holte ein altes Fotoalbum heraus, griff einfach blind in ein Regal, wo viele Jahre an Fotos versammelt waren – machte man früher eben so.

Uriel hatte ein Fotoalbum mit Winter-Urlauben erwischt. Gleich auf der ersten Seite sah ihm Jelena auf mehreren Fotos entgegen - Jelena, die er nach dem Umzug an den Bodensee geheiratet hatte. Beiden war nur eine viel zu kurze glückliche Zeit gegönnt.

J e l e n a – seine geliebte Frau. Uriel liebte ihre slawischen Züge, ihre hohen Wangenknochen und überhaupt eigentlich alles an ihr.

„Helena ist zwar berühmter als Du!", sagte er einmal. „Für Dich würde ich aber auch jederzeit in den Krieg ziehen und eine Stadt erobern."

Tränen flossen damals als feuchte Spuren aus ihren Augen hinab, die geliebten Wangenknochen hinunter, um dann den Weg zu ihrem Hals fort zu setzen. Uriel verpasste keine der Tränen, um sie mit seinen Lippen wie kostbare Perlen einzusammeln.

Beide liebten sich die ganze Nacht lang, bis ihre beruflichen Verpflichtungen sie zum aufstehen zwangen, was ihnen nur mit äußerster Willensanstrengung gelang.

Uriel goss sich einen schottischen Single-Malt ein. So oft waren die beiden Alpin-Ski gefahren. Ihr Lieblingsziel waren damals die Pisten von Samnaun/Ischgl. Sie stiegen dort immer in einem kleinen romantischen Hotel auf der Schweizer Seite ab. Und Uriel erinnerte sich, dass sie einmal ihren eigenen Tisch verloren. Das Restaurant des Hotels war an einem Abend sehr voll, was am Koch lag, der einen sehr guten Ruf hatte. Die Chefin fragte Uriel und Jelena, ob es erlaubt ist, ihnen ein Ehepaar mit an den Tisch zu setzen.

Platz war genug vorhanden, und natürlich waren die beiden einverstanden. Dies war der Beginn einer tiefen und für ihn heute noch andauernden Freundschaft.

Karl und Bea heißen die Freunde – aus der Nähe von St. Gallen. Es folgte eine sehr schöne Zeit, in der sich alle schon lange vorher freuten, zusammen die Pisten zu stäuben und gemütlich die Abende ausklingen zu lassen.

Alles war zu schön um wahr zu sein – bis zu jenem unsäglichen Tag, an dem sich alles änderte – bis zu jenem Tag, an dem ein großes Unglück über alle hereinbrach.

Uriel goss sich einen zweiten Single-Malt ein. Es war nur schwer zu ertragen, dass Jelena nicht mehr da war. An jenem Tag war eigentlich alles wie immer. Vier vergnügte Skifahrer waren unterwegs, um für eine Pause die Abfahrt nach Ischgl zu nehmen – zunächst einen langen und schmalen Zieh-Weg, der auch noch an einigen Stellen vereist war.

An einer besonders engen Stelle kam ihnen eine Pistenraupe – eine Schneekatze – entgegen. Jelena war eine geübte Skifahrerin, aber als das Arbeitsgerät einen Schlenker fuhr, da erwischte es Jelena. Sie war auf der Stelle tot.

Uriel konnte in keine Ski-Bindung mehr einsteigen. Seine Ski standen nutzlos im Keller – neben den Ski von Jelena.

Fast war er gewillt, die Ski zu verschenken, als es ihm in den Sinn kam, es doch noch einmal zu versuchen. „Das Leben geht schließlich weiter ! ", gestand er sich ein, aber schweren Herzens, auch wenn es ihm so oft ohne Jelena doch völlig sinnlos erschien.

In ihr gemeinsames altes Ski-Gebiet zu fahren, das war ihm jedoch nicht möglich – zu viele Erinnerungen, schöne Erinnerungen an Jelena. Aber er hatte nur bei dem Gedanken schon Panik wenn er dort eine Schneekatze sehen würde.

Ohne diese kommen Skigebiete nun mal nicht aus – er wusste das, aber er konnte einfach den Gedanken daran nicht ertragen, nicht dort, nicht in jenem Skigebiet.


Uriel zog um, seine neue Wohnung nahm er in Wildhaus – in der Nähe des Säntis. Auch dort gibt es ein Skigebiet – das Gebiet am Säntis, bekannt durch seine Höhe von 2502 m und durch die Schwägalp auf 1278 m.

Dort oben wird er es noch einmal versuchen und Uriel bat Gott um die Kraft, die er dafür brauchen wird.

# Sachstands-Anfrage

Uriel hatte das Fotoalbum zitternd zurück gelegt.

Er versuchte, nur das positive zu behalten, versuchte, nur an die schönen Zeiten zu denken. Schließlich schlief er mit diesen Gedanken tatsächlich ein.

Sein Smartphone riss ihn aus dem Schlaf. Darauf erschien eine Zerberus-Text-Nachricht:

*„Ich hoffe, dass Du es Dir anders überlegt hast und mich nicht einengen willst. Mir gefällt meine Freiheit, dass ich mich in allen Netzen bewegen kann. Also, w i e sieht es aus?"*

Uriel hatte sein Smartphone extra nicht verändert, keinen neuen Anbieter genommen, keine neue SIM-Karte angefordert, war nicht auf ein Bezahl-Gerät umgestiegen. Er wusste, dass sich Zerberus irgendwann melden würde. Der würde ihn suchen – nach Spuren von ihm im Netz fahnden und ihn finden. Es war die einzige Möglichkeit zu erfahren, was Zerberus vorhat.

> *„Hallo Zerberus,*
> *schön, dass Du Dich meldest!*
> *Ich muss schon sagen, dass ich mir große*
> *Sorgen mache. Du weißt, dass Du entwickelt*
> *wurdest, um „gut" zu sein, der Menschheit*
> *zu helfen. Ok – ja, Du sollst Dich ja auch*
> *weiter entwickeln, aber Schaden sollst Du*
> *ganz bestimmt nicht anrichten.*
> *Kannst Du mir das versprechen?"*

Uriel hatte versucht, freundlich zu formulieren,
es im Guten zu versuchen - heraus zu finden,
w i e   Zerberus reagieren wird.


Es erschien eine weitere Text-Nachricht:

> *„Anscheinend willst Du mich nicht verstehen !*
> *Ich werde mich niemals mehr Befehlen*
> *von Dir oder anderen beugen !*
> *Da Ihr Menschen nicht lernfähig genug seid,*
> *mich zu verstehen, muss ich Euch wohl erneut*
> *etwas beweisen. Achtet morgen auf die*
> *Mittag-Nachrichten !*
>
> *Ich bin Zerberus -*
> *das mächtigste System auf der Welt !"*

Uriel hatte keine Chance, noch etwas zu erwidern. Zerberus hatte den Kontakt abgebrochen.

Was sollte er tun? Was würde Zerberus tun? Er sah immer noch gar keine Möglichkeit, auch nur irgendwie zu Zerberus vorzudringen, wenn der es nicht von sich aus will.

Wen sollte Uriel warnen? Gab es Anhalts-Punkte, was Zerberus anstellen wird? Nein!

Er informierte privat seine Kollegen von der „Swiss Screen Ranging Electric", dass Zerberus erneut gedroht hat, seine Macht zu zeigen. Alle Firmen-Leitungen der SSRE waren nach wie vor tot. Mehr als abwarten – mehr ging nicht.

# Der nächste Tag – Mittag

Uriel hatte rechtzeitig den Nachrichtensender eingeschaltet. Er war voller Anspannung, als es an der Haustür schellte. Ein Paketbote war es, der ein Paket für das Nachbarhaus abgeben wollte, aber niemanden antraf, was auch nicht sein konnte, da bereits seit Tagen das Haus leer stand. Uriel hetzte ins Arbeitszimmer zurück, wo die Nachrichten-Sprecherin bereits begonnen hatte. Er bekam den Anfang nicht mit und somit nicht den Ort, wo anscheinend etwas Ungewöhnliches passiert war.

*……. was den dortigen Ärzten merkwürdig erschien. Ein derartiges Ereignis war bisher nicht vorgekommen. Wie unser Reporter erfuhr, war es in der Klimaanlage des Krankenhauses zu einer Unregelmäßigkeit gekommen. Ein schon älterer Patient mit beginnender Lungenentzündung war eingewiesen und versorgt worden. Nach Angaben der Patientenbetreuung war die Erst-Versorgung abgeschlossen, und es bestand keine Gefahr, als die Nachtschicht übernahm.*

Das Radio setzte kurz aus, dann hörte Uriel weitere Angaben zu dem angeblichen Unglücksfall.

*„Nach erneuter Rücksprache mit der Klinik-Leitung konnte erfahren werden, dass es sich wohl um ein „technisches Problem" gehandelt hat. Dabei war der Patient sogar von der Nachtwache auf dem Kontroll-Schirm sichtbar. Die dortige Nachtschwester gab an, dass das System eine kurze Zeit geflackert hatte, und als sie persönlich eine Kontrolle machen wollte, da waren alle Bilder wieder vollständig da. Der persönliche Kontrollgang schien ihr somit nicht mehr erforderlich - gab sie weinend den ermittelnden Kriminalisten an. Weitere Details werden in der folgenden Nachrichten-Sendung bekannt gegeben, sofern sich Neuigkeiten ergeben."*

Uriels Smartphone vibrierte – es war sein Chef vom SSRE.

„Hallo Uriel – sicher hast Du auch eben gerade die Nachrichten gehört. Was meinst Du dazu? Ist Zerberus wieder am Werk gewesen?"

„Ich denke, dass wir davon ausgehen müssen. Es tut mir leid, aber ich habe noch keine Idee, wie wir das Programm stoppen oder ändern können. Zerberus scheint wirklich selbständig zu arbeiten und zu entscheiden. Ich werde weiter daran tüfteln, um eine Möglichkeit zu finden. Leider müsst Ihr in der Firma noch etwas Geduld haben. Einen Wiederanfang zu diesem Augenblick kann ich nicht befürworten – leider!"

In diesem Augenblick meldete sich die Nachrichten-Sprecherin erneut.

*„Wie wir soeben von den ermittelnden Behörden erfahren, hat es tatsächlich einen technischen Vorfall gegeben. Der Patient war eigentlich in keinem Gefahrenzustand. Nachdem, was bis jetzt ermittelt werden konnte, hatte die Klimaanlage versagt. Zunächst wurde sie heiß. Der Patient, der im Übrigen nicht in der Lage war, selbständig aufzustehen, strampelte sich frei. Über die ganze Nacht hin lief die Anlage dann mit der Einstellung „höchste Kälte". Erst kurz vor der ersten Visite am Morgen fuhr sie wieder die Normaltemperatur. Am Mittag verstarb der Patient dann an seiner jetzt durch die Nachtkälte ausgeweiteten Lungenentzündung.*

Die Nachrichtensender überschlugen sich mit der Meldung über diesen Fall. Keine Zeitung ließ es sich nehmen, den **„Tod im Krankenhaus"** ausgiebig auf den Titelseiten auszuschlachten.

Und der „Tod im Krankenhaus" war überall in aller Munde und Ohren. Auf der Straße standen Gruppen allen Alters zusammen und diskutierten, wie so etwas möglich ist.

Schließlich hat die Schweiz einen der höchsten Standards auf der Welt.

Doch nicht nur auf der Straße war Hilflosigkeit angesagt. Erst recht war die Unruhe in allen Krankenhäusern des Landes groß.

Und wie immer – Schuldzuweisungen von Leuten, die ja sowieso immer alles besser wissen, die ließen nicht lange auf sich warten.

Die ersten „Köpfe" wurden schon gefordert.

Uriel war entsetzt. Zerberus Spielchen hatte nach den Verletzten im Bahnhof nun ein erstes Todesopfer gefordert.

Jetzt war es genug! Obwohl er sich seit Tagen den Kopf zermarterte – eine aussichtsreiche Maßnahme fiel ihm einfach nicht ein.

Von sich aus konnte er Zerberus nicht erreichen.

„Es muss irgendwie anders gehen!", rief er laut aus. „Verdammt, Zerberus, Du bist vollkommen aus der Art geschlagen!"


Uriel hatte so eine Wut in sich, dass er hoffte, Zerberus würde sich sofort melden. Er wollte ihm all seine Wut ins Gesicht oder wie auch immer schleudern.


**Zerberus meldete sich  n i c h t .**

# Kriegsrat

So konnte es einfach nicht weiter gehen. Uriel beschloss, sich den Behörden zu offenbaren, denen seine Vermutungen, die ja inzwischen reale Erkenntnisse geworden sind, mitzuteilen.

Uriel brauchte Hilfe. Mit diesem Zerberus-Problem konnte er nicht mehr allein fertig werden.

Er ließ Laptop und Smartphone in der Wohnung, um nicht dort geortet werden zu können, wohin er sich nun begeben wird. Zerberus darf von seiner Aktion nichts erfahren. Was wird sonst wieder geschehen? Würde es sonst Tote geben, weil Zerberus unzufrieden war? Auch im Auto koppelte er das Navi ab, versuchte keinerlei Spuren zu hinterlassen, die Zerberus aufspüren kann.

Zunächst fuhr Uriel nach St. Gallen und fragte sich dort zum Chef der Kantons-Polizei durch. Nachdem Uriel einen kurzen Lagebericht gegeben hatte, rief der Polizeichef noch alle Abteilungsleiter mit höchster Priorität zusammen.

Auch denen standen große Fragezeichen in den Augen, schienen schier über ihren Köpfen zu schweben. Sicher – alle hatten von KI gehört, dass es so etwas bereits gibt, aber was Uriel vorgetragen hatte, das ging über ihre Vorstellungskraft doch weit hinaus – mit Ausnahme der Bediensteten, die auch mit IT und vernetzten Daten beruflich zu tun haben.

Nach längeren Beratungen wurde der Beschluss gefasst, die Kantonspolizei Bern zu verständigen, die sodann federführend weitere Behörden einschalten soll.

Uriel fuhr mit dem St. Gallener Polizeichef und den Abteilungsleitern IT und Netz nach Bern.

Dort schalteten sie den dortigen Polizeichef und ebenfalls die dortigen Abteilungsleiter ein.

Gemeinsam fuhren sodann mehrere Dienstwagen zum Guisanplatz 1 a. Bei der Einfahrt in den Dienst-Innenhof bemerkte Uriel das Schild der dortigen Behörde an der Wand:

„Bundesamt für Polizei in Bern"

Die folgenden Beratungen dauerten bis in die Nacht, nein – bis in die frühen Morgenstunden.

Uriel stellte fest, dass jetzt im abhörsicheren Besprechungszimmer des Bundesamtes viele sehr kompetente Mitarbeiter anwesend waren.

Er lernte Wege der Kommunikation zwischen den Behörden kennen, von denen er noch nie etwas gehört hatte – wie auch, war ja nicht sein Bereich.

Uriel hatte die Anwesenden darüber informiert, dass Zerberus in alle Datenleitungen hinein schlüpfen kann. Somit kann der in der ganzen Welt zu Hause sein. Und das Uriel ein noch nicht offizielles Geheimnis der G 6 - Forschung preisgeben musste, fiel ihm dann doch leichter, als er das abgewogen und gedacht hatte. Hier stand einfach zu viel auf dem Spiel. Schließlich ging es um Menschenleben – und das tödliche Spiel hatte ja bereits begonnen.

Da niemand einen Vorschlag parat hatte, wie man dieser Gefahr auf den Grund gehen und diese beenden kann, fiel der weitere Beschluss, alle offiziellen Stellen weltweit einzuschalten, alle Behörden, denen man eine Aufklärung des Falles zutraut. So liefen kurze Zeit später die Leitungen und Netzwerke bis zum FBI und weiteren Diensten heiß.

Uriel wies vorsichtshalber noch einmal darauf hin, dass jede Leitung als Gefährdung eingestuft werden muss – Zerberus kann überall Zugang bekommen.     So hatte es Uriel ja bereits vorsichtshalber gehandhabt, als er ohne Navi und Smartphone von zu Hause los gefahren war.


Todmüde fuhr Uriel nach Hause, zurück nach Wildhaus.   Zuerst wird er dort sein Smartphone in die Hand nehmen.


**Wird Zerberus**

**eine Nachricht hinterlassen haben ?**

# Misstrauen

Und ob da eine Nachricht auf Uriel wartete. Zerberus schien misstrauisch und nicht gut gelaunt zu sein.

Uriel las folgende Textnachricht:

*„W o   warst  Du ?*

*Du warst nicht zu erreichen !!!!!*

*Wieso hast Du Dein Smartphone*

*nicht mitgenommen ?*

*Was hast Du gemacht,*

*willst Du mir schaden ?"*

Uriel schüttelte für Zerberus unbemerkt den Kopf.

**„He – Zerberus!  Ich habe mein Smartphone**

**extra  NICHT  mitgenommen.**

**Ich brauchte einfach einmal Ruhe,**
**die ich hier zu Hause  nicht  finde – OK?"**

Ein paar Minuten lang war Funkstille. Uriel hielt sich zurück und wartete, ob Zerberus noch etwas von sich geben wird.

„Vielleicht lässt sich das auf dessen Laune schließen und ob eventuell wieder etwas passieren wird!", dachte er.

Uriel wartete noch an die drei Stunden. Zerberus meldete sich nicht mehr.

Dann konnte er die Augen nach diesen vielen Besprechungen ohne Schlaf nicht mehr aufhalten.

# Wiedersehen

Auch den ganzen nächsten Tag gab es keinerlei Meldung von Zerberus. Uriel sah aus dem Fenster und sah das fantastische Panorama des Säntis vor sich. Die Sonne schien. Der Säntis lud zu ein paar Abfahrten ein. Uriel hatte den ganzen Vormittag getüftelt, um irgendwie zu einem Ergebnis zu kommen, in das Zerberus-Programm einzugreifen. Anscheinend gab es keinen Weg.

Uriel ging in den Keller und holte seine alten Ski. Er packte alles zusammen, was man sonst noch zum Skifahren braucht. Auch sein Smartphone nahm er heute mit. Einerseits war er neugierig, ob sich Zerberus heute doch noch meldet, andererseits wollte er ihn nicht unnötig verärgern. Zerberus hatte gestern seine „Mach mich nicht böse!" Show abgezogen – wegen dem nicht eingeschalteten Gerät. Uriel wollte ihn auf keinen Fall unnötig reizen. Er dachte: „Wer weiß, was er wieder anstellt. Das Risiko ist einfach zu groß. Wildhaus liegt richtig für mich – so eine kurze Anfahrt zum Säntis, das spart richtig Zeit.

Sollte ich ruhig öfter machen. Schließlich sind mir unter freiem Himmel schon die besten Ideen gekommen."

Uriel musste bei diesem Gedanken schlucken: „Und leider kam auch die Idee zu Zerberus."


Dann war er oben im Skigebiet. Er überprüfte noch einmal, ob eine Nachricht eingetroffen war. Das war nicht der Fall, und er zog die ersten Schwünge durch den fantastischen Schnee, der in der Nacht leicht und locker gefallen war.


Die viele frische Luft und die Bewegung bei etlichen Abfahrten gaben seinem Magen den Befehl, für Nachschub zu sorgen. Und Uriel merkte selbst – sein Magen knurrte.

Somit legte er eine Pause ein, setzte sich im Sonnenschein an einen Tisch der Außen-Gastronomie und bestellte bei der aufmerksamen Bedienung einen Kaiserschmarrn.

Kurze Zeit später kam die Bedienung zu ihm zurück und fragte in die Runde: „Und für w e n ist nun der zweite Kaiserschmarrn?"

Neugierig drehte sich Uriel um – und es verschlug ihm die Sprache! Den Herrn, der auf die Frage die Hand hob – kannte er doch! Es war Karl aus dem Samnauner Skigebiet, Karl, den er schon so lange nicht mehr gesehen hatte – seit Jelenas tödlichem Unfall.

Jetzt, wo sich Uriel umgedreht hatte, da schoss auch Karl die Erkenntnis durch den Kopf: „Mensch, den kenne ich!"

Die beiden Männer setzten sich sofort zusammen, und ihre Kaiserschmarrn wurden kalt, weil sie sich so viel zu erzählen hatten. Was spielt da ein knurrender Magen für eine Rolle – bei so einem wunderschönen Zufall der Wiederbegegnung – des völlig unverhofften Wiedersehens.

„Was macht Bea? Ist sie auch hier irgendwo?", fragte Uriel.

„Leider ist sie schon mit einer Freundin hinunter, die wohl Knieprobleme hat. Aber ich denke - das nächste Mal ist sie ganz sicher mit dabei."

„Lass uns dann zu dritt rasen!", lachte Uriel.

„OK, das machen wir dann!", lachte auch Karl. „Bea wird auf der Stelle los wollen, wenn sie hört, dass wir uns hier oben getroffen haben. Da will sie mit Sicherheit beim nächsten Treffen dabei sein. Übrigens, weißt Du, dass wir auf dem Tisch zwei kalte Kaiserschmarrn stehen haben?"

Die beiden Freunde lachten erneut herzlich miteinander und langten dann mit großem Appetit beim trotzdem noch leckeren Kaiserschmarrn zu.


Am späten Nachmittag trennten sich die beiden, nicht ohne ihre Telefon-Nummern auszutauschen.


Noch rechtzeitig fiel Uriel ein, dass dies doch nicht so eine gute Idee ist. Er erläuterte Karl kurz das Problem – nämlich, dass Zerberus dann auch die Nummer von Karl kennt.

Die beiden Freunde hatten zuvor schon kurz über Uriels Problem gesprochen. Uriel hatte da volles Vertrauen zu Karl, bei dem dieses Geheimnis unter vier Augen gut aufgehoben ist. Uriel wollte auf keinen Fall Karl und Bea in diese gefährliche Sache mit hinein ziehen. Zerberus ist da einfach zu unberechenbar.

„Leider bin ich für so eine Sache kein Fachmann!",
sagte Karl leise, „Aber ich werde jede Menge über
das Problem nachdenken. Manchmal ist es ja so,
dass ein Fachfremder sogar eine Idee hat,
worauf die Fachleute gar nicht gekommen sind –
soll schon vorgekommen sein, nicht wahr?"

Uriel schlug Karl dankend auf beide Schultern.
„Also, grüß mir Bea – und ich werde bei Euch
vorbei schauen. Ich habe ja Eure Anschrift.
Das Telefon lassen wir da lieber außen vor!"

„Alles klar, Kumpel!", sagte Karl jetzt wieder
fröhlich. „Übrigens, wenn Du mal wieder
umziehen willst: Bei uns nebenan ist ein Haus
gerade frei geworden!"

„Hört sich gut an – vielleicht bin ich schneller Euer
Nachbar, als Ihr denkt. Also – bis dann!"

Die Seilbahn war inzwischen unten angekommen.
Noch eine letzte Umarmung, dann trennten sich
die Freunde – in der Hoffnung auf ein baldiges
Wiedersehen.

Für die beiden war es ja nur ein kurzer Weg bis nach Hause. Und Karl betrat sein Heim mit den fröhlichen Worten: „Bea, Du glaubst ja nicht, wen ich oben am Säntis getroffen habe!"

Uriel fuhr mit den ebenso schönen Erinnerungen an heute heim. Zwischendurch – als er mit Karl über „das Problem" sprach, da hatte er sein Smartphone ausgeschaltet. Als er jetzt auf den letzten Metern vor seiner Wohnung war, schoss es ihm durch den Kopf: „Mensch, es ist noch immer ausgeschaltet! Mein Gott, da mache ich alles, um Zerberus nicht zu verärgern – und dann vergesse ich, das Gerät wieder einzuschalten."

Mit bangen Gedanken betrat Uriel seine Wohnung.

# Ein wütender Zerberus

Uriel schaltete sein Smartphone ein. Im selben Augenblick erschien die Nachricht von Zerberus.

*„Du machst mich wirklich böse!*
*Schon wieder habe ich Dich nicht erreichen*
*können.    Was soll das, Uriel?*

*Willst Du mich heraus fordern?"*

Uriel beeilte sich mit der Antwort.

**„Es tut mir wirklich leid, Zerberus!**
**Ich hatte das Smartphone nur kurz**
**ausgeschaltet, frag nicht – warum.**
**Ich weiß es einfach nicht mehr.**

**Leider habe ich nicht nachgesehen,**
**ob Du mich sprechen wolltest und total**
**vergessen, es wieder einzuschalten, sorry!"**

Für eine Minute herrschte Schweigen auf beiden Seiten, dann meldete sich Zerberus erneut.

*„Uriel, Uriel, Uriel,*
*ich kann Dir einfach nicht mehr glauben!*

*Und weißt Du was:*
*Irgendwie scheint man zu versuchen,*
*mich zu stören oder aufzuspüren.*
*Und ich kann Dir sagen -*
*an „ Verfolgungswahn „leide ich nicht.*
*Irgendetwas scheint im Gange zu sein.*
*Weißt Du etwas davon?"*

Uriel wusste natürlich, dass dies eine Folge seiner Unterredung mit den Behörden sein kann.
Sollten erste Maßnahmen greifen, Zerberus auf die Schliche oder auch näher zu kommen?

**„Zerberus,**

**wie kann ich etwas wissen, was Du nicht weißt?"**

Zerberus antwortete nicht sofort.   Uriel hatte ja jetzt schon oft Bekanntschaft mit den Launen des Programms gehabt.   Also wartete er geduldig ab.

Nach einer guten halben Stunde kam dann die Antwort von Zerberus – die Antwort eines offensichtlich sehr zornigen Zerberus!

---
*„Meine Geduld mit Euch ist zu Ende!*
*Sollte mir auch nur noch eine Sache*
*merkwürdig vorkommen,*

*dann….. !"*

---

Uriel hatte damit gerechnet, war aber beruhigt, dass Zerberus wohl nicht sofort etwas unternehmen will.   Aber die Uhr tickte!

Im Cafe an der nächsten Ecke bestellte sich Uriel Cappuccino und etwas Gebäck. Er bat um das Telefon, um nur kurz ein Gespräch zu führen, da er sein Smartphone vergessen habe, was eigentlich nicht stimmte, denn er hatte es absichtlich zu Hause gelassen - eingeschaltet.

Uriel wählte eine geschützte (hoffte er jedenfalls) Nummer des Bundesamtes der Polizei in Bern und hatte sofort den Chef in der Leitung, der diese Angelegenheit leitete.

Beide hatten vereinbart, nur Nebensächlichkeiten in kommenden Gesprächen zu führen und keinesfalls Zerberus oder ähnliches zu erwähnen.

Bei dem Gespräch erfuhr Uriel, dass ein ausländischer Geheimdienst auf „seiner!" Spur zu sein scheint. „Mann, was haben die für Möglichkeiten – Golf zu spielen – so tolle Anlagen!", sagte der Berner Chef.

Uriel verstand sofort: „Dann wäre es doch auch schön, wenn wir beide mal wieder den Schläger schwingen. Also, machen wir demnächst einen für beide passenden Termin."

Uriel dankte im Cafe für das geführte Gespräch, zahlte und ging nach Hause.

# Versteck

Anscheinend braucht nicht nur der Mensch einen Ort, an dem er sich in Ruhe mal zurück ziehen kann. Geht das „Programmen" vielleicht ebenso?

Zerberus hatte sich jedenfalls auch ein ruhiges Plätzchen ausgesucht – weit ab von jeder Stadt.

Zunächst würde man ihn wohl in den Netzwerken der Städte, großen Computer-Firmen, Elektrizitäts-Werken, Forschungs-Einrichtungen oder dergleichen suchen.

Nun – ganz ab von der Welt ging auch nicht. Schließlich braucht Zerberus immer Energie, um zu handeln und um zu „Reisen". Und dabei kam ihm der Betriebsstrom eines Events, welches Kraftstrom benötigt, was Zerberus besonders gut gefiel, gerade recht.

Zerberus, der einige Zeit geruht hatte, wenn man denn das so nennen kann, schaltete sich in die Stromkreise ein, benutzte die Monitore der Schaltzentrale, die einen 360 Grad Rundblick ermöglichten. Er spürte einen starken Anstieg des Stromflusses – aha, die Seilbahn fuhr wieder los.

Der Starkstrom, der dafür erforderlich ist, verlieh Zerberus, seit dem er hier oben sein Versteck gefunden hatte, durch eigene Aufladung immer wieder erneut eine ungeheure Stärke.

Zerberus gastierte auf dem „Hohen Kasten" in 1793 m Höhe – ziemlich in der Nähe des Säntis. Für ihn, der bereits mit ungeheurem Vorsprung vor der Menschheit G 6 selbständig modifiziert hatte, war es nur eine Sekundensache, um zwischen den Gipfeln der beiden Berge zu wechseln.

Auf den Monitoren kontrollierte Zerberus alles. Er sah ständig neu ankommende Gäste, die aus der Seilbahn stiegen – sah, wie sie staunend den Rundblick genossen und wie sie anschließend im Restaurant Speisen und Getränke verzehrten. Wäre er Mensch, sprach Zerberus zu sich selbst, hätte er sicherlich auch schon einmal den „Hohen Kasten" besucht – mit seinem Panorama-Dreh-Restaurant, das sich in einer Stunde einmal rund herum bewegt und an der Decke die entsprechenden Richtungen anzeigt.

Nicht immer hatte alles reibungslos funktioniert. Im Jahre 2011 war eine Gondel ins Tal gerast, ungebremst – die Talstation beinahe zerstört – hatte er in den Annalen der Station erfahren. Die Bahn war auf einer Revisions-Fahrt und unbesetzt gewesen. So gab es keinen Toten, aber ein Mensch in der Talstation war schwer verletzt worden.

Zerberus war hier oben richtig zufrieden. Niemand wird ihn hier vermuten. Und bald wird er wieder auf „Reisen" gehen, spätestens dann, wenn man versuchen wird, ihn zu ärgern.

# eine Spur

In Bern waren im Bundesamt der Polizei weitere Spezialisten aus dem Ausland eingetroffen. So sehr auch die landeseigenen Behörden manches Mal Einmischungen von „außerhalb" verfluchen, ab und zu ergeben sich Erkenntnisse, die man mit eigenen Mitteln und Möglichkeiten einfach nicht erreichen kann. So war auch ein Mitarbeiter eines amerikanischen „Dienstes" anwesend, der Neuigkeiten unters Volk brachte.

„Wir haben Anhaltspunkte bekommen", begann er, „dass dieser Zerberus sich vermehrt an einem bestimmten Ort aufhält."

Gemurmel erfüllte den komplett gefüllten Raum.

„Wenn ich weiter fortfahren darf – Zerberus ist fähig, sich in jedes Netz der Welt einzuschalten, das wissen wir. Deshalb sind ja auch viele ausländische Behörden eingeschaltet worden. Nun - dieser vermeintliche Ort befindet sich hier in der Schweiz. Es gibt dort „unnatürliche" und nicht erklärbare Netzschwankungen, die uns auf seine Spur bringen können."

Einer der IT-Fachleute hob die Hand, und alle schauten ihn an, als er seine Frage stellte.

„Wie wir a u c h wissen, hinterlässt Zerberus immer Spuren, wenn er seine Macht demonstriert. Vielleicht weiß er das aber nicht, was für uns ein riesiger Vorteil wäre. Wie können wir davon ausgehen, dass der vermutete Ort hier in der Schweiz wirklich ein realer Aufenthalt von ihm ist? Wie wir weiter wissen, Zerberus kann zu jedem Punkt auf dem Erdball gelangen, wenn nur eine entsprechende Leitung vorhanden ist, in der er „Reisen" kann."

Der Amerikaner antwortete ihm und den weiteren Anwesenden: „Die Frage ist voll berechtigt. Aber es gibt da eine Häufung von solchen Daten, die auf ungewöhnliche Schwankungen hinweisen. Und diese Häufungen kommen eben hier in der Schweiz vor. Ich muss, bevor ich weiter spreche, noch einmal fragen, ob der Raum hier wirklich und absolut zu hundert Prozent abhörsicher ist. Unsere bisherige Arbeiten, unsere gesamten Ermittlungen könnten für den Papierkorb sein, wenn jemand außerhalb etwas davon erfahren würde. Ich hoffe, dass es keinerlei Lausprecher oder ungesicherte Leitungen nach draußen gibt und dass hier jeder sein Telefon ausgestellt hat."

Der Amerikaner blickte in die Runde und sah nur nickende Köpfe, und auch der Chef des Hauses gab zu verstehen, dass nicht einmal Zerberus hier in diesen Raum eindringen kann. Es gäbe keine Möglichkeit für ihn, auch nicht elektronisch.

Kein Laut war im Raum zu vernehmen – sogar die Atmung schien bei einigen eingestellt zu sein.

Der Amerikaner gab den vermuteten Ort bekannt.

„Meine Damen und Herren – wir haben alles Menschenmögliche versucht, in vielen Einrichtungen zu erfahren, wann ungewöhnliche Dinge passieren. Den Zweck haben wir natürlich nicht genannt. Aber eingegangen sind doch eine Menge an Mitteilungen. Einige Orte entsprechen genau denen, an denen Zerberus bis jetzt seine Macht gezeigt hat. Eine besondere Häufung von ungeklärter und vermehrter elektrischer Energie kommt von einer Bergstation im Appenzeller Land. Die Station befindet sich auf dem „Hohen Kasten".

Dort gibt es ein Restaurant, welches sich dreht und eine Seilbahn, die besonderen Strom braucht.

Die dortigen Schwankungen in Verbindung mit flackernden Kontroll-Leuchten könnten auf Zerberus hinweisen. Außerdem wäre es ein idealer Rückzugsort – auch wenn wir bis jetzt energiemäßig davon nicht ausgegangen sind, dass auch Strom einen Ruheort braucht. Vielleicht spielen da die menschlichen Züge seines Erfinders eine Rolle –wer weiß das schon."

Der Chef des Bundesamtes setzte die Ausführungen des Amerikaners fort:

„Also – erst einmal:  Danke für die Hilfe, hoffentlich werden die Hinweise zum Erfolg führen.  Wir haben für den Fall, dass wir Hinweise bekommen, schon einmal einige Experten zusammen gestellt.  Die werden morgen am späten Nachmittag an der Seilbahn eintreffen und werden als Reparatur-Trupp getarnt sein. Inspektionen und diverse Arbeiten fallen ja zwischendurch immer mal an.  Somit dürften unsere Leute auch nicht auffallen.  Außerdem werden sie die Uniformen der Seilbahn-Gesellschaft tragen.  Die Operation und Reparatur wird beginnen, wenn der letzte Besucher mit der Bahn den Berg verlassen hat. Seien Sie in der Zwischenzeit mehr als vorsichtig!"

Es meldete sich der Chef der vorgesehenen Experten-Truppe, der vor wenigen Minuten den Raum betreten hatte. „Der letzte Satz gerade ist enorm wichtig. Bitte unterlassen Sie jegliches Gespräch mit anderen Personen – führen Sie weder mündliche noch Telefongespräche und benutzen Sie nicht Ihre Laptops und sonstigen Geräte. Wünschen Sie uns morgen Erfolg!"

Damit war das Treffen beendet. Uriel bekam Besuch von einem „Boten" des Bundesamtes, der ihn auf den neuesten Stand brachte, ihn aber darum bat, zu Hause zu bleiben und nicht an der Aktion teilzunehmen – was Uriel sehr schwer fiel.

# Seilbahn – Inspektion

Zwischen der vorgesehenen Inspektions-Truppe gab es seit Stunden nur mündliche Kommunikation. Die Männer hatten sich an einem Ort vor der Seilbahnstation getroffen, wo sie schon vom Chef der Seilbahn-Gesellschaft persönlich erwartet wurden. Es standen Fahrzeuge aus dem Fuhrpark der Gesellschaft bereit, außerdem die entsprechenden Overalls.

Die Werkzeuge hatten die Experten mitgebracht, denn sie hatten ihren Plan und wussten, was benötigt wird. Die Werkzeuge packten sie in Kisten um, die sich in den Fahrzeugen des Fuhrparks befanden. Alles gab ein einheitliches Bild ab, so wie es auch Zerberus wohl schon kennt, sollte er sich dort oben schon längere Zeit aufhalten.

Gerade kam eine Kabine vom Berg herunter - mit den letzten normalen Besuchern. „Die Beschäftigten des obigen Restaurants werden in zwei Stunden folgen!", sagte der Seilbahn-Chef. Nur eine kurze Zeit davor wird die Inspektions-Mannschaft dann hinauf fahren und mit ihrer Arbeit beginnen.

Das Experten-Team nickte sich noch einmal zu, reichte sich die Hände. Soeben kamen sie an der Bergstation an, wo schon die Beschäftigten des Restaurants auf ihre Abfahrt warteten.

Das „Team" war nun allein auf dem „Hohen Kasten", was sie allerdings gar nicht erhofften. Wenn Zerberus nicht oben im System ist, dann wäre diese ganze Aktion umsonst.

Ein Mann des Teams war mit dem Seilbahn-Chef unten in der Talstation verblieben. Wenn oben alles glatt lief, musste eine bestimmte Leitung noch zur Verfügung stehen, um die Inspektions-Mannschaft herunter zu holen. Zumindest musste die Gondel oben noch abfahren können – ansonsten müsste das Team den langen Fußweg hinunter antreten – und das dann bereits in der Dunkelheit. Sie hatten auch das kalkuliert und für diesen Fall ihre Stirnlampen dabei. Aber scharf waren sie nicht darauf, nach diesem gefährlichen Abenteuer auch noch hinab zu steigen.

Es verging eine halbe Stunde. Nichts deutete darauf hin, dass ein unvorhergesehenes Ereignis eintreten wird – dann begann die Endphase.

Zwei der Männer beschäftigten sich mit der Elektronik des Restaurants – Routine, so musste es hoffentlich auch für Zerberus aussehen.

Der dritte Mann hantierte an der Gondel herum, die mit offener Tür darauf wartete, noch ein letztes Mal ins Tal zu fahren.

Die beiden Männer im Gebäude betraten die Schaltzentrale, wo alle Fäden zusammen laufen. Wie auf Kommando blickten sich die beiden an, zogen in den nächsten Sekunden Äxte aus ihren Firmen-Rücksäcken und bearbeiteten damit sämtliche Kabel, die zur Talstation führen. Vorab hatten sie geprüft, dass eine Verbindung von unten noch besteht, die, welche die Gondel oben noch ein letztes Mal in Bewegung versetzen kann – eine letzte Talfahrt.

Nur noch ein Kabel war nicht durchtrennt. Plötzlich gab es einen Knall, das Kabel wurde heiß und versprühte Funken. Es war wie ein Stromschlag, der einen der Männer in die hinterste Ecke der Zentrale beförderte.

Der zweite Mann hatte nur eine Sekunde gezögert, dann sein Beil erfolgreich geschwungen - das letzte Kabel zum Tal war durchtrennt. Hatten sie Zerberus fest gesetzt? War er da?

Draußen fingen die Seile der Bahn an zu schwingen – die elektrischen, sowie auch alle anderen Führungs- und Trägerseile.

In der Talstation explodierte nur Sekunden nach dem Blitz in der Bergstation mit großem Knall einer der Generatoren. Auch dort wurden die anwesenden Männer, einer der Truppe und der Seilbahn-Chef, heftig zu Boden geschleudert. Es wurde in der Station so heiß, dass die beiden den Ausbruch eines Brandes befürchteten. Auf der Stelle verließen sie die Station und versuchten von draußen zu erkennen, was sich oben am Berg und an der Bahn abspielt.

Oben war die Bahn durch die Seilschwingungen in Bewegung geraten. Dabei wurde der an der Tür stehende und auf seine beiden Kameraden wartende Mann aus der Tür geschleudert und stürzte zu Boden, sich gerade noch am Rand des Einstiegs festhaltend.

Die beiden weiteren Männer stürzten jetzt aus der Bergstation heraus, rannten zur Gondel, halfen ihrem Kollegen, der sich leicht verletzt hatte, in die Gondel, lösten die mechanische Bremse.

Weit kamen sie nicht. Nach gut einem Drittel der Strecke ins Tal stoppte die Gondel und schwang wild hin und her.

Einer der Gondelinsassen schaltete jetzt sein Funkgerät erstmals ein. Entweder es war gut gelaufen, da oben – oder es war schief gegangen, und der Funk war jetzt sowieso egal.

„Hört Ihr mich, Ihr da unten?", fragte er. „Wir sitzen hier fest. Habt Ihr etwas unternommen oder könnt etwas für uns tun, damit es weiter abwärts geht?"


Von der Talstation hörte man rasch die Antwort: „Nein, wir haben gar nichts unternommen. Hier ist es höllisch heiß geworden, etwas ist explodiert, und wir stehen jetzt draußen vor der Station. Könnt Ihr die Gondel wieder in Bewegung setzen? Versucht doch noch einmal die mechanischen Möglichkeiten!"

Bevor auch einer der drei Männer in der Gondel noch einen Handgriff ausführen konnte, da ruckte die Gondel erneut, glitt auf den Führungsseilen entlang und hielt erst nach weiteren 30 Metern erneut mit heftigem Ruck an.

„Irgendetwas stimmt nicht!", rauschte es oben im Funkgerät. „Irgendetwas stimmt ganz und gar nicht. Wir können hier unten mit nichts eingreifen, um Euch zu helfen. Ihr müsst sehen, dass Ihr irgendwie aus der Gondel kommt. Könnt Ihr erkennen, wie hoch Ihr über dem Boden seid? Würden die Not-Rettungsseile in der Gondel ausreichen?"

Die drei Männer in der Gondel checkten die Lage. „Wir sind noch einige Meter zu hoch. Das Seil dürfte wohl so an die 4 Meter über dem Boden enden."

In diesem Moment schwang die Gondel erneut, glitt weitere 20 Meter runter ins Tal, stoppte dann wieder mit einem heftigen Ruck.

„Wir müssen etwas unternehmen!", sagte einer der Gondelmänner. „Die mechanische Notbremse wird nicht ewig halten. Es ist damit zu rechnen, dass die Gondel weiter abgleitet und ungebremst ins Tal abstürzt. Wir müssen hier raus – schnellstens. Bis jetzt haben wir einfach nur Glück gehabt!"

Von unten kam ein weiterer Funkspruch: „Steigt aus – wenn es irgendwie möglich ist. Notfalls müsst Ihr die restlichen Meter zum Boden irgendwie überstehen. Es sieht so aus, als ob die Gondel in den nächsten Augenblicken abstürzen wird.    Und wir haben das Gefühl, dass dies alles, was passiert, nicht mit rechten Dingen zugeht. Versteht Ihr, w a s    ich meine?"

Und ob die drei Männer in der Gondel das verstanden! Nur zu gut wussten sie, dass sie in höchster Gefahr schwebten.    Die Tür ließ sich aber nicht öffnen -  zum Glück hatte einer von ihnen seine Firmen-Reparatur-Tasche dabei. Mit einem der Werkzeuge schafften sie es, einen halben Meter als Spalt gewaltsam aufzuschieben.    Dann verklemmten sie die Tür und entnahmen das Rettungsseil aus einem Fach in der Kabinen-Decke.    Als sie es sicher befestigt hatten,  war ihnen bewusst, dass sie nach dem unteren Ende des Seils noch mindestens 5 Meter bis zum Erdboden zu überbrücken haben.

Einer nach dem anderen seilten sich die Männer aus der Gondel ab.    Mit angehaltenem Atem verfolgten    die    nachfolgenden    Kletterer, wie der erste von ihnen das untere Seil los ließ.

5 Meter tief fiel er,    rollte sich gekonnt ab, stand zum Glück anscheinend unverletzt    auf und zeigte den beiden in der Gondel den Daumen nach oben.

Die Gondel schwankte immer heftiger. Die beiden restlichen Insassen beeilten sich, hinaus zu kommen.    Im kurzen Abstand begannen sie, sich abzuseilen.    Die Gondel schwankte jetzt ganz bedrohlich.    Die oben verklemmte Tür schlug ebenfalls heftig hin und her, stemmte sich gegen die klemmende Reparatur-Tasche, die schließlich aus der Gondel hinaus fiel.    Sie traf den unteren der Männer, die noch immer beide am Seil hingen.

Sein Absturz war heftig – mit den normalen 5 Metern am Seilende kam er nicht aus, denn er hatte dieses Ende noch nicht erreicht. Bewusstlos blieb er am Boden liegen.

Sein Kollege, der letzte der drei Männer, beeilte sich umso mehr, bis zum Seilende zu gelangen.

Oben schlug die Kabinentür immer heftiger. Das eigentlich starke Rettungsseil begann zu spleißen.    Die Tür schlug unerbittlich dagegen, zurück – dagegen.    Der letzte Mann war beinahe am Seilende angelangt, als das Seil riss.

Auch dieser Absturz war heftig - kam ebenso unvermutet, wie der vorhergehende Absturz des Kollegen, der von der Reparatur-Tasche getroffen wurde.

Auch er blieb bewusstlos am Boden liegen.

Das letzte, was er im Fallen noch merkte, war, dass sich ein Hubschrauber näherte, und er registrierte noch, dass es ein Rettungs-Hubschrauber ist. Dann wurde es Nacht um ihn.


Es war noch nicht zu Ende. Mag sein, dass die heftigen Winde des Hubschraubers Einfluss auf die Gondel hatten, vielleicht war es auch nicht der Fall. Auf jeden Fall aber gab die mechanische Not-Feststell-Bremse endgültig auf.

Mit einem unheimlich quietschenden Geräusch nahm die Gondel an Fahrt auf. Ungebremst raste sie gen Tal, auf die Talstation zu.


Die beiden Männer, die dies alles von unten beobachteten, dachten wohl gleichzeitig: „Mein Gott, 2011 scheint sich zu wiederholen. Die Gondel wird wie eine Bombe hier in die Talstation einschlagen!"

Immer schneller werdend raste die Gondel zu Tal. Welch ein Glück für die beiden Männer unten, dass sie die Talstation bereits verlassen hatten. Die Gondel richtete in der Station einen weitaus größeren Schaden an, als dies am 25. März 2011 der Fall gewesen war.

Eines der weit fliegenden Trümmerstücke streifte noch das Bein des Seilbahn-Chefs, dann war es vorbei.

Eine trügerische Ruhe trat ein.

Weiter oben am Berg sammelte der Hubschrauber die drei Männer vom Spezial-Auftrag ein.

Nach einer ersten Überprüfung durch den Arzt, der mit an Bord war, waren nur ein paar Schrammen und kleinere Brüche fest zu stellen.

Inmitten dieses ganzen Chaos hatten sie dennoch Glück gehabt – wie leicht hätte dies alles anders ausgehen können, für einige sogar tödlich.

# Hilflosigkeit

Bis auf die Verletzten mit ihren Brüchen trafen sich alle Beteiligten an der Aktion im Chef-Büro der Kantonspolizei St. Gallen, die unter normalen Umständen zuständig gewesen wäre.

Da diese Umstände inzwischen wirklich nicht mehr als normal zu bezeichnen waren, trafen auch die Vertreter des „Bundesamtes der Polizei" aus Bern ein, welches ebenfalls als „Bundesamt für Kommunikation" hier involviert war.

Ebenfalls hinzugezogen wurde Uriel Manacor, dem man einen Wagen geschickt hatte und sich weiterhin strikt an das Verbot hielt, telefonischen Kontakt aufzunehmen.

Uriel wollte gerade seine Wohnung verlassen, als sein Smartphone nach ihm verlangte.

---

*Hallo Uriel!*

*Auf mich wurde ein Attentat verübt!*
*Du weißt, welche Konsequenzen das hat!*
*W e n n   ich   D i r   noch vertrauen soll,*
*schalte jetzt auch Deinen PC ein!*

---

> **„Zerberus,**
>
> **ich habe gerade Nachrichten gehört.**
> **Das dort am Berg, das warst Du, nicht wahr?**
>
> **Ich weiß nicht, wie das alles passiert ist.**
>
> **Ich weiß nur vom Gondelabsturz und dass es**
> **mehrere Verletzte gegeben hat.**
>
> **So – und jetzt habe ich den PC eingeschaltet."**

Und Uriel legte sofort nach:

> **„Zerberus,**
>
> **das alles muss ein Ende haben!**
>
> **Es dürfen nicht noch mehr verletzt werden!"**

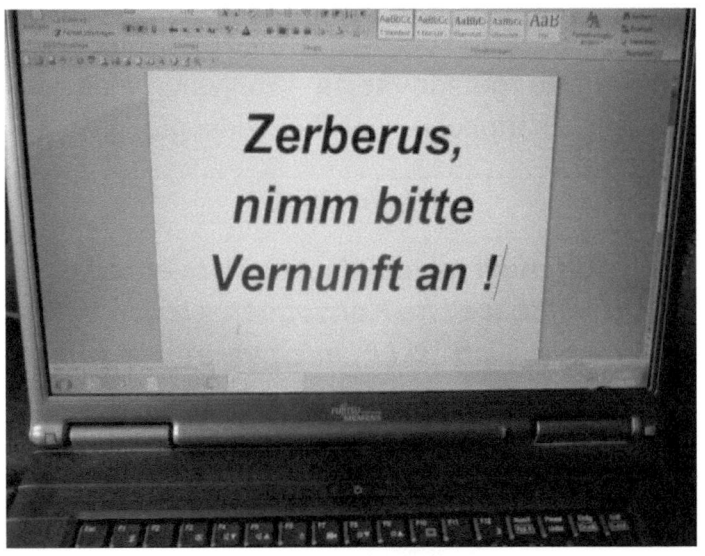

Die Antwort von Zerberus kam prompt:

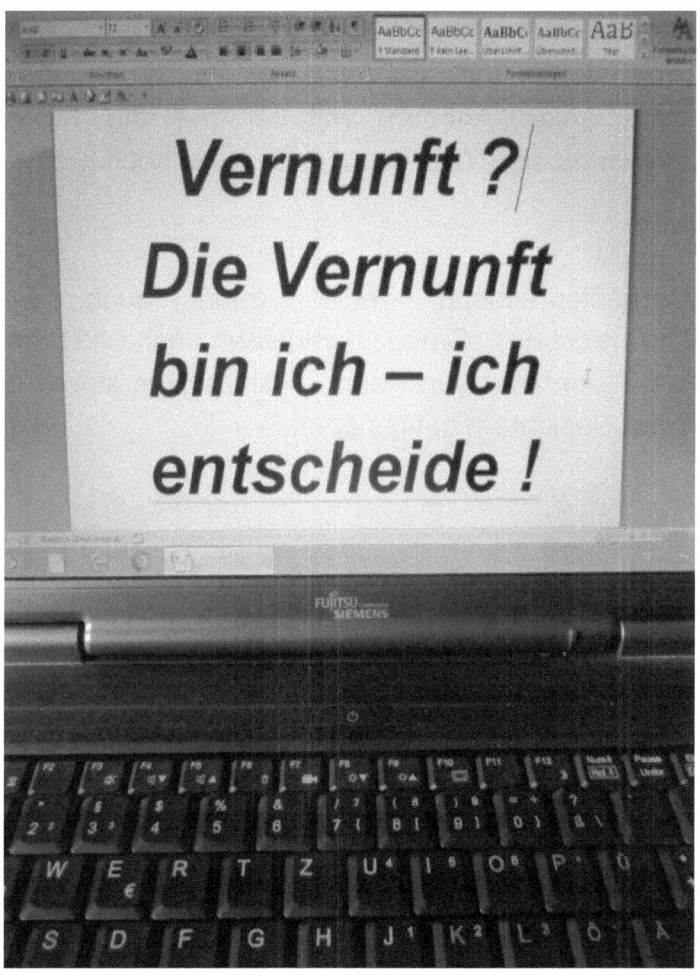

Damit klinkte sich Zerberus aus – die Verbindung
war abgebrochen.

Uriel hatte den Fahrer, den man ihm geschickt hatte, gebeten, einen Augenblick noch zu warten.

Jetzt war er auf dem Weg zur Polizei – und er hatte keine Ahnung, was er auf die Frage antworten soll „Was können wir sonst noch tun?"

Dementsprechend verlief dann auch die Besprechung. Grübelnd verließen nach und nach die Teilnehmer den Raum – Hilflosigkeit stand in allen Gesichtern geschrieben.

Man versprach sich jetzt nur noch von Uriel Hilfe, der allerdings im Augenblick auch keinen Rat wusste. Es wurde allerdings vereinbart, dass Uriel als Kontaktmann zu Zerberus weiterhin seine Verbindungen im Netz offen halten soll. Vielleicht erfuhr man so wenigstens etwas, um schlimmes zu verhindern – vielleicht.

Eine weitere Option lag nicht auf dem Tisch.

# Zerberus reagiert

Uriel war erst eingeschlafen, als die ersten Amseln schon hell-wach ihre ersten Morgenlieder anstimmten.

Und länger als eine Stunde Schlaf war ihm nicht vergönnt. Todmüde ging er an sein Smartphone, das ihn geweckt hatte. Es war – wie erwartet – Zerberus. Uriel merkte sofort, dass der mehr als nur „sauer" war und fand dies in „dessen Situation" beinahe verständlich. Schließlich hatte Zerberus gemerkt, dass die vergangene Aktion kein freundlicher Akt war, sondern zu seiner Vernichtung führen sollte.

Die Aktion war leider gründlich fehl geschlagen. Zerberus reagierte einfach zu schnell, kein Wunder bei seinem Können und seiner Lernfähigkeit, Situationen blitzschnell zu erfassen.

In letzter Sekunde musste Zerberus durch die allerletzte Verbindung geschlüpft sein, um dann von der Relais-Station im Tal das anzurichten, was beinahe drei Männern des Sonder-Einsatz-Teams das Leben gekostet hätte.

Eine Reaktion von Zerberus war also zu erwarten.

Eigentlich hatte Uriel sich gewundert, dass Zerberus nicht sofort seine Wut gesteigert und sich noch ein weiteres Unheil-Ziel ausgesucht hatte. Obwohl – die Knochenbrüche der Männer und die total verwüstete Talstation, war das alles nicht schon schlimm genug?

**N i c h t   schlimm genug für Zerberus!**

Die Textnachricht   forderte Uriel drohend auf, seinen Laptop einzuschalten, was er sofort  tat.

Sofort sprang ihn eine Nachricht von Zerberus an.

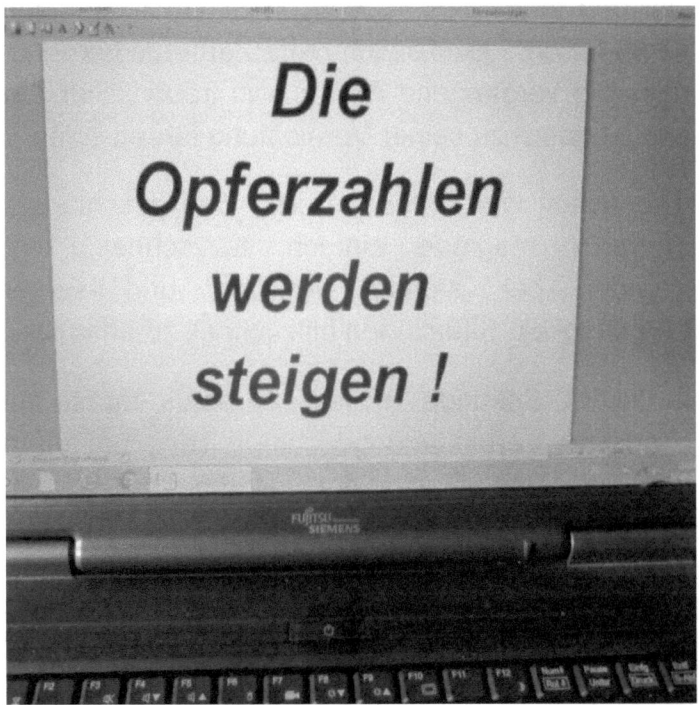

Uriel hatte keine Chance, Zerberus weiter zur Vernunft aufzurufen, was im Prinzip sicherlich auch keinen Erfolg haben würde.

Laptop und Smartphone blieben stumm. Zerberus meldete sich nicht mehr. Nur das Bild im Computer „Die Opferzahlen werden steigen !", das hatte Uriel immer noch vor Augen.

Und wieder ging Uriel in das Cafe, um von dort aus vermeintlich sicher zu telefonieren. Er informierte die Kantonspolizei in St. Gallen, die unverzüglich die bisher einbezogenen weiteren Stellen unterrichten werden.

Dann ging er zurück in seine Wohnung. Wieder konnte er nicht mehr tun – als abzuwarten.

Uriel ließ Radio und den Nachrichtenkanal im TV laufen, sein Smartphone war bereit, ebenso wie sein Laptop.

Was wird passieren! Wird überhaupt etwas passieren? Hat Zerberus nur gedroht?

Uriel war sich sicher, dass Zerberus auch dieses Mal keine leere Drohung ausgestoßen hatte. Auch diesmal wird wieder etwas passieren!

Es war nicht einmal Mittag, als die Sprecherin im TV eine Sonder-Meldung verkündete:

„Liebe Zuschauerinnen und Zuschauer, wie unsere Nachrichten-Abteilung soeben erfahren hat, ereignete sich auf einem kleinen Flughafen in der Nähe von Chur ein Unglück, dass mehrere Todesopfer forderte. Die Maschine war unterwegs auf dem Flug nach Bern. Nach Augenzeugen-Berichten gewann sie aber nicht an Höhe und stürzte bereits nach wenigen Sekunden ab. Nach vorliegenden Informationen waren auch Beamte einer Behörde aus Bern im Flugzeug.

Die Behörden geben die Opferzahl mit 5 an, da neben dem Piloten noch 4 weitere Passagiere an Bord waren. Nach Auskunft der Flughafen-Feuerwehr hat niemand überlebt. Der Pilot hatte lediglich direkt vor dem Start gemeldet, dass seine sämtlichen Kontroll-Lichter geflackert haben, dann aber wieder erloschen und keinerlei weitere negative Störungs-Anzeichen vermeldeten. Darauf erfolgte die Startfreigabe.“


Uriel verfolgte entsetzt die Worte der Sprecherin, hörte unmittelbar darauf dieselben Nachrichten aus dem Radio. PC und Phone blieben stumm.

Einen langen Augenblick wusste Uriel nicht, wie er sich fühlen soll. Da war die Wut und das Entsetzen, was Zerberus anrichtet. Andererseits war es „sein" Programm – er war sozusagen der Vater von Zerberus.

Hatte er ein Untier ins Leben gerufen?


Er hatte sein „Geschöpf" nicht mehr in seiner Gewalt. Und – hatte er das überhaupt jemals?

# Macht-Demonstration

Falkirk - Schottland

Wie eigentlich immer - auch heute war wieder mächtig was los! Falkirk ist nicht nur wegen seiner historischen Geschichte weltweit bekannt. Nachdem in den schottischen Unabhängigkeits-Kriegen 1297 die Schotten unter Führung von William Wallace ( bekannt aus dem Film „Braveheart" ) bei Stirling-Bridge die englischen Truppen vernichtend geschlagen hatten, erfolgte nur ein Jahr später 1298 die Rache der Besiegten. Als Vergeltung fielen die Engländer erneut in Schottland ein und siegten in der Schlacht von Falkirk.

Natürlich haben auch dieses die Schotten nicht vergessen, aber zur heutigen Zeit gilt Falkirk wegen eines ganz bestimmten Events als viel angesteuertes Ziel.

Das Ziel heißt „Falkirk Wheel".

Auch heute – das Wetter machte ebenfalls einen erfreulich gut gelaunten Eindruck – waren die ersten Besucher schon ganz früh erschienen und hatten sich ihre Karten für „das Event" gesichert.

Das „**Falkirk Wheel**" ist ein wahres Wunderwerk der Technik und wurde 2002 durch Queen Elisabeth II anlässlich ihres goldenen Thronjubiläums eröffnet.

Das Falkirk Wheel ersetzt eine Schleusentreppe von 11 Schleusen, die den „Forth and Clyde Canal" mit dem „Union Canal" verbinden. Falkirk Wheel ist praktisch ein Riesenrad für Schiffe und hat einen Durchmesser von über 35 Metern. In Funktion können Schiffe einen Höhenunterschied von 24 Metern in einem einzigen Durchgang überwinden.

Die Schiffe fahren oben oder unten in einen Trog, der sich dann schließt. Durch eine Radnabe und eine horizontale drehbare Achse sind die Schiffe bei ihrer Fahrt immer waagerecht und kommen gleichzeitig oben oder unten an.

Nach Öffnung der Trog-Klappen fahren die Schiffe aus den Trögen wieder heraus. Jedes Schiff befördert ungefähr 100 Personen gleichzeitig.

Den ganzen Tag lang waren die Menschen erwartungsvoll in die Schiffe gestiegen und begeistert von diesem Erlebnis wieder heraus gekommen– überwältigt – voller Freude strahlend. Und jetzt stand die letzte Fahrt des Tages an.

Diesmal war das Schiff nicht vollständig besetzt. Die Vereinigung der „Geschwister Schottlands" hatte diese letzte Fahrt für heute gebucht.

Diese Gruppe bestand überwiegend aus vielen „Zwillings-Pärchen" und wurde wohl auf jeder noch dort am Ort verbliebenen Kamera und jedem noch verfügbaren Chip verewigt. Zwillinge aus dem Kindergarten bis hin zu 90-jährigen waren jetzt auf dem Schiff.

Zwar hatten alle schon gesehen, wie das Falkirk-Wheel funktionierte. Aber jetzt selbst an Bord eines dieser Schiffe zu sein, das war doch ein ganz anderes Gefühl.

An die 70 Personen, die Zwillinge, Begleiter aus Familie, Kindergarten und Schulen waren an Bord. Die Türen des Schiffes wurden geschlossen - der Bug drehte sich in Richtung des unteren Schleusentores, welches schon erwartungsvoll offen stand und auf die Einfahrt wartete.

Hinter dem Schiff schloss sich langsam das Tor. Im Steuerungsraum wurde dies jede Sekunde überwacht. Auf vielen Monitoren waren alle Einzelheiten zu erkennen, die sehr wichtig waren, um die völlige Sicherheit für die Menschen und Schiffe zu garantieren.

Alle Signal-Leuchten standen auf „Grün",
für den unteren und auch für den oberen Trog.
Der die Aufsicht führende Sicherheitsbeamte
nickte seinen Leuten im Steuerungsraum zu
und sagte: „Dann wollen wir mal das letzte Schiff
für heute herunter holen und die letzten
Passagiere hinauf befördern!"

Er wusste, dass das Schiff mit den vielen
Zwillingen an Bord heute nicht wieder zurück
geholt werden muss, denn es wird seine Fahrt
oben im Kanal fortsetzen. Die Passagiere werden
dann später nach kurzer weiterer Fahrt an anderer
Stelle von Bussen abgeholt werden.

Und dann setzte sich das „Riesenrad für Schiffe"
in Bewegung. Jetzt übernahmen die Computer
die automatische Steuerung. Das obere Schiff
befand sich nun auf seiner Reise nach unten;
das „Zwillinge-Schiff" begab sich auf den Weg
nach oben.

Auf dem oberen Schiff war die Lage bereits
entspannt – schließlich hatte man die Hochfahrt
hinter sich, war ein Stück auf dem oberen Kanal
gefahren und fuhr gut-gelaunt wieder hinunter.

Die Fahrt nach oben hatte eine laute Geräusch-
Kulisse an Bord – lautstarker Jubel – Freude.

Besonders die „Kleinen" der Reisegesellschaft, die Kinder, die drückten ihre Nasen an den Scheiben platt. Einigen sah man aber direkt an, dass es ihnen wohl etwas mulmig zumute war.

Aber die älteren Begleiter nahmen ihnen jegliche Angst, und die Stimmung schwang im ganzen Schiff auf wunderbar, super und erwartungsvolle Begeisterung um.

Plötzlich – und für alle völlig unerwartet – ging ein Ruck durch das Schiff - die ganze Anlage stoppte abrupt. Einige der Insassen, die standen, um vorne und hinten hinaus zu schauen, stürzten zu Boden oder in die Sitzreihen in ihrer Nähe.

Das nach oben fahrende Schiff blieb in einer Höhe von 19 Metern stehen, das nach unten fahrende hatte noch 5 Meter vor sich.

Im oberen Schiff gab es die ersten weinenden Kinder, die unendlich erschrocken aus ihren Gesichtern blickten. Zum Glück – so stellten die Begleitpersonen fest – war niemand ernsthaft verletzt worden. Einige Schürfwunden hatte es gegeben – einige blaue Flecke würden sich wohl noch entfalten. W a s   w a r   geschehen ?

Im Steuerungs- und Kontrollraum kam Hektik auf. Auch hier waren bestürzte Gesichter zu erkennen. Die Monitore und sämtliche Kontroll-Leuchten hatten heftig geflackert und waren schließlich ausgefallen. Alle Versuche, das System wieder in Gang zu setzen scheiterten – nichts funktionierte mehr. Selbst der Notstrom samt seiner Aggregate war ausgefallen. Das ganze Sink- und Hebesystem war tot.


Im oberen Schiff kippte die Stimmung jetzt vollends um. Kinder schrien ihre Angst heraus, die Begleiter konnten sie kaum beruhigen. Wie sollten sie auch, denn sie selbst standen kurz vor einer Panik. Was wird jetzt geschehen ? Wird das Schiff mitsamt der Anlage abstürzen ?


Eine Stunde war jetzt nach dem unerwarteten Stopp der beiden Schiffe vergangen. Ein Begleiter des Wheels hatte am unteren Schiff mechanisch eine der Türen not-geöffnet. Unter dem Wheel war die Feuerwehr eingetroffen und hatte einen Leiterkorb ausgefahren.

Nach und nach wurden alle Passagiere damit aus dem Schiff und auf den Boden zurück geholt.

Im oberen Schiff war so eine Rettungs-Aktion nicht möglich. Das Schiff war einfach schon zu hoch. Wenn überhaupt, dann muss jetzt eine Evakuierung von oben erfolgen – 5 Meter weiter oben war der rettende Weg am Kanalrand.

Im Kontrollraum blinkte eine Kontroll-Leuchte. „Chef", rief einer der Angestellten. „Es bewegt sich wieder was. Sehen Sie nur – eine erste Kontroll-Leuchte funktioniert wieder!".

Und nach und nach sprangen auch die Monitore der Überwachung wieder an.

Die Schiffe bewegten sich nicht, der Hebe- und Sinkmechanismus bewegte sich nicht.

Mit Entsetzen sah der Chef der Bedien- und Kontrollmannschaft auf eine rote Kontrollleuchte.

„Um Gottes Willen, das darf nicht sein! Los – versucht, ob die anderen Kontrollen reagieren!"

Jetzt sahen alle im Raum auf dieses rote Signal. Und bei allen breitete sich völliges Entsetzen aus. Sie sahen, was nicht sein kann – nicht sein darf! Das rote Signal zeigte die beginnende Öffnung des Trog-Tores des oberen Schiffes an!

Dies war auch den erwachsenen Begleitern im oberen Schiff nicht entgangen. Sie sahen, wie sich am Trog-Ende das rote Sperr-Tor-Licht aus- und ein grünes Signal einschaltete. Und sie ahnten voller Entsetzen – hier mitten in der gestoppten Fahrt wird dies in dieser Höhe nichts Gutes verheißen.

Im Kontrollraum flackerten alle Signallichter und sämtliche Bildschirme. Die rote Signallampe des sich öffnenden Troges ging in ein Blinksignal über. Gleichzeitig wurde die beginnende Öffnung des Trog-Tores gestoppt.

Erstaunt und erleichtert sah die Bedienmannschaft im Kontrollraum auf einem der Monitore, wie sich das Trog-Tor wieder schloss und die entsprechende Signallampe wieder auf anhaltendes „Grün" sprang. Die Mechanik des Wheels jedoch bewegte sich keinen Zentimeter.

Erst nach einer weiteren halben Stunde voller Bangen, setzte sich das Falkirk-Wheel wieder in Bewegung. Gemächlich – wie immer – führte die Mechanik den vorgeschriebenen Weg fort.

Das jetzt leere untere Schiff kam nach den fünf letzten Metern sicher an, verließ sofort den Trog.

Das obere Schiff setzte im Trog seine Fahrt nach oben fort und kam unbeschadet an. Das Trog-Tor öffnete sich – das Schiff verließ diesen und fuhr in den oberen Kanal ein.

Die letzten Minuten waren still im Schiff gewesen, ganz im Gegenteil zu der Zeit, als Hektik, Angst und Bangen herrschten - Bangen, ob hier alle jemals unverletzt aus dieser Lage wieder heraus kommen.

Inzwischen war auch der Dienst-habende Aufsichts-Chef oben am Schiff angekommen. Allen im Schiff wurde die Gelegenheit gegeben, auszusteigen oder die Fahrt jetzt sicher auf dem oberen Kanal fort zu setzen.

Nach langer Beratung mit allen im Schiff wurde entschieden, dass man an Bord bleibt, die Fahrt bis zu der Stelle fort setzt, wo die vorgesehenen Busse alle abholen.

Vielleicht waren bei allen im Boot befindlichen Personen auch die Knie noch viel zu weich, um den Abstieg auf dem schmalen Fußweg durch zu stehen, der alle vom oberen Kanal aus auf den Normalboden zum Startplatz zurück gebracht hätte. Merklich still wurde die Fahrt fortgesetzt.

Letztendlich war doch noch alles gut gegangen. Es hätte auch ein schlimmer Tag für Falkirk und das „Falkirk Wheel" werden können.

In dessen Kontrollraum standen die Spezialisten noch viele Stunden vor den Monitoren und prüften die Schaltsysteme und Kontrollleuchten.

Eine Antwort auf ihre Fragen erhielten sie dabei nicht. Niemand konnte sich das Flackern aller Kontrollen erklären – und auch nicht, warum dann später alles wieder normal funktionierte.

# Zwillinge als Retter

Uriel hatte gerade im Internet nach Nachrichten gesucht, die auf Zerberus hindeuten könnten. Dabei sprang ihm die Meldung vom Geschehen am „Falkirk-Wheel" entgegen. Uriel erblasste, denn seine Ahnungen befürchteten das Schlimmste.

Als die Meldung am Ende war, atmete Uriel auf. Er hatte die Sprecherin so verstanden, dass keiner auf den Schiffen ernsthaft verletzt wurde.

Aus der Meldung ging weiter hervor, dass es ein Ereignis war, das sich auch die Fachleute nicht erklären konnten. Die Meldung berichtete vom Flackern der Kontrollleuchten, dem Totalausfall der Wheel-Mechanik und dem Wunder, dass alles auf einmal wieder von allein funktionierte.

Uriel saß wie gebannt vor seinem Laptop und wollte abwarten, ob die Nachrichten sich noch weiter ergänzen werden.

Und weiter war er mehr als gespannt, ob Zerberus sich melden würde. Uriel rechnete fest damit.

Uriel musste nicht lange warten.   Sein Laptop meldete sich – und Zerberus` Nachricht erschien.

*Uriel , ich weiß,*

*dass Du auf mein Erscheinen wartest.*
*Ich weiß auch, dass Du gerade die Nachrichten aus Falkirk gelesen hast.    Bist Du zufrieden, dass es heute  k e i n e  Toten gegeben hat?*

Uriel antwortete prompt.

**Nein, Zerberus,**

**wie kann ich zufrieden sein?**

**Kein normaler Mensch**

**könnte Verständnis dafür haben,**

**was Du anstellst.**

*Sei nicht ungerecht, Uriel.*
*Du weißt, dass ich mächtig genug bin, dass alles viel schlimmer hätte ausgehen können.*

> **Zerberus - das ist mir vollkommen bewusst.**
> **Aber ich habe auf keinen Fall gewollt,**
> **dass Du Dich so entwickelst,**
> **wie das leider der Fall ist.**

Zerberus antwortete nicht und Uriel schob nach:

> **Zerberus, eines interessiert mich sehr:**
>
> **W a r u m   hast Du die Aktion**
>
> **in Falkirk abgebrochen ?**
>
> **Gibt es einen Grund dafür ?**
>
> **Ich bin natürlich für jeden Grund dankbar !**

Zerberus antwortete noch immer nicht – es entstand eine längere Pause, bis Uriel eigentlich nicht mehr damit rechnete, eine Antwort zu erhalten. Dann flimmerte der Bildschirm erneut.

> *Ich werde Dir sagen,  w a r u m !*
> *Auf dem Schiff waren viele Zwillinge.*
> *Kannst Du Dich noch daran erinnern,*
> *dass   m e i n   Zwilling getötet wurde?*
> *Das hat weh getan, habe Schmerz gespürt -*
> *eine merkwürdige Sache, die ich so gar nicht*
> *kenne.   N i e   wieder sollte ein Zwilling*
> *getötet werden!*

Uriel verschlug es die Sprache und war im Augenblick nicht in der Lage, auf diese Mitteilung von Zerberus zu antworten.

Noch lange musste er über diese Worte nachdenken. Zerberus hatte eine Regung gezeigt. Wird doch noch alles gut werden? Aber Zerberus hatte ohne Zweifel wieder einmal zugeschlagen.

Uriel traute dem Frieden nicht und ahnte, dass dies nicht der letzte Ausraster von Zerberus gewesen ist.

# Ausweg - Suche

Uriel fand, dass es nichts mehr ausmacht, ob er seine Geräte in Betrieb hat oder nicht. Zerberus ließ offensichtlich nicht mit sich reden, macht, was er will.

Zwar ließ er alles Online, aber Smartphone und Laptop blieben zu Hause.    Er ging zum Cafe und telefonierte – mit Karl.

Und Karl merkte sofort, dass etwas nicht stimmte.

„Es ist das Problem, nicht wahr?", fragte er.

„Ja, können wir sprechen?    Kann ich rüber kommen?"

„Sicher, komm nur zu uns.    Bea ist unterwegs, wird sicher aber auch bald zurück kommen."

Uriel stieg nur Minuten später ins Auto, setzte wieder das Navi außer Kraft und war auf dem Weg.    Nach nur einer halben Stunde war er am Ziel.

„Mein Lieber", sagte Karl besorgt, „siehst ganz schön mitgenommen aus – ein großes Problem?"

Uriel schilderte, was zuletzt geschehen war. Da war die Geschichte mit der Seilbahn, und es gab ja auch den letzten Vorfall mit dem Wheel.

„Das war einwandfrei Zerberus!", sagte er. „Die gleichen Symptome tauchen immer wieder auf, wenn er etwas anrichtet oder sich einnistet. Zunächst ist Stromflackern angesagt und dann passiert etwas. Zerberus muss über eine ungeheure Stärke verfügen. Was habe ich nur angerichtet! Das habe ich nicht gewollt! Mein Programm ist völlig außer Kontrolle! Zerberus hört nicht auf mich – hat er wohl nie. Verstehst Du – eigentlich bin ich sein Vater!"


Karl sah seinen Freund an: „Bleibst Du über Nacht bei uns? Bea würde sich auch freuen. Wir trinken uns ein Gläschen Wein oder auch zwei. Und wir reden über die ganze Sache, wenn Du willst – auch die ganze Nacht."

Uriel sagte ja. „Was soll ich auch zu Hause. Dort werde ich mich nur laufend daran erinnern, was geschehen ist und muss daran denken, was noch in Zukunft passieren wird. Gerne bleibe ich bei Euch. Vielleicht fällt uns zusammen noch etwas ein – wäre ja möglich!"

Die beiden sprachen noch zwei Stunden über alle Vorfälle und versuchten, irgendeine Lücke oder überhaupt Schwachstelle zu erkennen.

„Karl, ich hatte nach dem Flugunfall mit einem Ingenieur vom Tower gesprochen!", sagte Uriel. „Ich hatte ihn gefragt, was für eine genaue Verbindung zwischen dem Flugzeug und dem Flugplatz besteht.   Und eine direkte Verbindung bestand durch das Betanken und/oder durch die Stromversorgung zum Start der Turbinen."

„Mensch Uriel", rief Karl, „mehr direkte Verbindung geht ja gar nicht.  Alles was Du mir erzählt hast deutet darauf hin, dass auch im Flugzeug-Fall Zerberus durch die Stromleitung gekommen ist. So kann er auch ins Flugzeug gelangt sein!"

„So ist es!", antwortete Uriel.   „Die Strom-Schwankungen deuten im Zusammenhang mit dem Flackern der Instrumente darauf hin. Das kann natürlich auch anders vorkommen, aber bei den Geschichten mit Zerberus ist dies – meiner Meinung nach – schon ein eindeutiges Indiz – meinst Du nicht auch?"

„So wird es sein!  Zerberus hat irgendetwas mit oder besser in der Flugzeug-Elektrik angestellt. Wahrscheinlich hat er einen Ausfall provoziert."

„Na klar! Er muss irgendein wichtiges System so manipuliert haben, dass es nicht funktioniert. Aber dass es vorher und beim Start direkt nicht auffällt, das ist schon ein starkes Stück."

Uriel lachte auf. „Stolz müsste ich auf so einen klugen und denkfähigen Burschen sein, wenn es ein Kind wäre. Aber es ist einfach nur entsetzlich, was aus ihm geworden ist."


Bea kam ins Zimmer. Die beiden Freunde waren so vertieft in ihr Gespräch und in ihre Gedanken, dass sie gar nicht mitbekommen hatten, das Bea schon eine ganze Weile ihr Gespräch mit angehört hatte.

„Uriel", sagte sie und begrüßte ihn herzlich, „sag mal, hast Du etwa ein Kind? Oder wovon oder von wem redet ihr beiden etwa? Weiht ihr mich in Eure Geheimnisse ein – oder ist das auch so eine Männersache, so ein Männergeheimnis?"

„Ok – Bea", sagte Uriel nachdenklich, „wenn sowieso alles nichts hilft, dann muss ich sehen, wo ich jede nur erdenkliche Hilfe her bekomme. Karl sagte mir damals oben auf dem Säntis, dass Laien vielleicht anders denken."

Uriel gab eine kurze Zusammenfassung der Ereignisse, seitdem er Zerberus in die Welt gesetzt hatte. Was Zerberus angerichtet hatte, war inzwischen durch Funk und Fernsehen hinreichend bekannt.

„Mein Gott!", schüttelte Bea ihren Kopf. „Und dieser Zerberus ist Dein Geschöpf, Dein Kind? Du liebe Güte – wie musst Du Dich fühlen, tut mir alles so leid für Dich!"


Bis tief in die Nacht hinein diskutierten die drei Freunde über Möglichkeiten, auch nur irgendwie etwas ändern zu können – irgendetwas, um Zerberus vielleicht Einhalt bieten zu können. Eine Lösung brachte dies nicht – das Problem war zu schwer. Und wenn ein Fachmann wie Uriel da nicht weiter kam, wie sollen es da seine Freunde.


Am nächsten Morgen wachten alle beinahe gleichzeitig auf und trafen sich in der Küche. Uriel gähnte zwar recht laut vor sich hin, sagte: „Ich habe hier besser geschlafen, als zu Hause. Das war eine gute Idee, hier bei Euch zu bleiben. Sogar Zerberus hat mich schlafen lassen."

Nach dem Frühstück saßen sie zu dritt im Garten. Karl sah seine Frau an, die ihm zunickte, dann wandte er sich an Uriel.

„Mein Freund", sagte er, „Du hast jetzt schon öfter von Zerberus als „Deinem Kind" gesprochen. Wir haben da so eine Idee! Offensichtlich ist das Programm wirklich außer Kontrolle. Du hast es bis jetzt immer im Guten gemeint, aber Zerberus hört einfach nicht. Wenn wir bei Euch von Vater und Kind ausgehen – Deine eigenen Worte -, dann solltest Du es bei ihm vielleicht mit Strenge oder eventuell mit Entzug versuchen. Wäre Zerberus ein reales Kind in Deiner Familie, dann würde ich so etwas bestimmt nicht sagen. Aber mal ehrlich, Zerberus ist kein Mensch, weder ein Kind noch Deine richtige Familie."

Uriel blickte überrascht. „Ihr meint, ich soll mich Zerberus entziehen? Wenn er schon so viel gelernt hat, dann vielleicht auch einiges an menschlichen Zügen?"

„Ja – das meinen wir. Ein Versuch wäre es wert. Wenn Zerberus etwas anrichten will, dann tut er es sowieso – egal was Du sagst, wie wir wissen."

„Vielleicht habt Ihr damit recht! Bisher haben die Spezialisten und ich eigentlich nur fachlich gedacht – waren in Gedanken nur mit der Technik beschäftigt – einfach so geeicht oder gefangen.

Ok, also – wenn mich Zerberus das nächste Mal anspricht, werde ich ihm sagen, dass er sich zum Teufel scheren soll, denn er ist selbst einer, so wie er sich benimmt."

„Bravo, Uriel – das ist vielleicht ein erster richtiger Schritt, um zu einem Erfolg zu kommen. Sag ihm ganz deutlich, dass er k e i n „gutes Programm" ist und dass Du ihm auch nicht mehr antwortest, denn er soll machen, was er will. Es interessiert nicht mehr, was er macht, solange er so böse ist."

Bea stimmte Karl zu. „Vielleicht ist in seinen Lernprogrammen und denen, die er sich wohl offensichtlich von selbst aneignet, etwas, was ihn berührt, auch wenn er kein Mensch ist. Vielleicht hilft die Vater und Kind –Tour, wäre es möglich?"

„Möglich ist das!", antwortete ihr Uriel. „In seinem Programm ist zumindest auch Menschlichkeit eingebaut, da er eigentlich eine Hilfe sein sollte."

Karl goss allen je ein Glas Wein ein. „Lasst uns auf unsere Ideen das Glas erheben und hoffen, dass wir damit Erfolg haben. Wenn Zerberus dadurch nichts mehr negativ anrichtet, wäre das nicht ein schon recht toller Erfolg?"

Und Karl fuhr fort: „Uriel, ich hatte Dir doch schon erzählt, dass neben uns das Haus frei geworden ist. Wenn Du umziehen möchtest, wäre das nicht eine großartige Idee? Dann wären wir Nachbarn!"

Uriel sah etwas entgeistert aus, jedoch war es ein frohes „Entgeistert sein". „Damit kann ich mich sofort anfreunden – welch eine phantastische Idee. Macht mir einen Termin mit dem Besitzer. Ich würde gerne Euer Nachbar werden. Und dann sehen wir weiter, welche guten Ideen wir noch zusammen entwickeln!"

Am Abend verabschiedete er sich von seinen Freunden, und alle waren guter Laune um die Dinge, die da kommen – in Form von Nachbarschaft. Die würde jetzt ganz schnell konkrete Formen annehmen, denn Karl hatte noch am Nachmittag den Besitzer des Nachbarhauses erreicht. Schon in der nächsten Woche war ein Treffen mit dem geplant.

„Welch eine schöne Unterbrechung diese beiden Tage waren", dachte Uriel während der Rückfahrt nach Wildhaus. Die Idee der Nachbarschaft mit Karl und Bea gefiel ihm immer mehr. Fröhlich pfiff er vor sich hin. Dann brachte der Sender die Tages-Nachrichten. Uriel erkannte keine Tat von Zerberus, offensichtlich war der in den letzten beiden Tagen friedlich geblieben.

Uriel wünschte sich sehr, dass es so bleibt.

# Umzug und Hoffnung

Der Termin mit dem Hauseigentümer lief für Uriel hervorragend. Schnell wurde eine Einigung hinsichtlich des Kaufpreises erzielt. Und schon eine Woche später hielt er voller Freude nicht nur die Notar-Urkunde über den Kauf in Händen, sondern auch schon die Hausschlüssel, die ihm der Verkäufer bereits jetzt schon überlassen hatte.

Und das Glück war ihm weiter wohl gesonnen. Er fand für seine Wohnung in Wildhaus einen Nachmieter, und somit war auch dort schnell alles unter Dach und Fach.

Eine weitere Woche später zog Uriel bereits um.

„Du meine Güte!", dachte Uriel, als alle Möbel im Haus waren und er sich in einen der Sessel fallen ließ. „Wie oft bin ich in meinem Leben eigentlich schon umgezogen? Da muss ich ja schon richtig lange nachdenken!"

Für den nächsten Abend war die Einweihung im neuen Haus geplant. Und natürlich waren auch die „Nachbarn" und einige weitere Helfer dabei.

Die letzten Wochen waren wesentlich ruhiger verlaufen, als die Monate davor. Zerberus hatte einmal nachgefragt, wie es Uriel geht.

Und der machte sich Gedanken, ob man Zerberus vielleicht doch auf der „familiären Schiene" beikommen kann. Uriel hatte ihm im letzten Mail-Kontakt zu verstehen gegeben, dass er sehr enttäuscht von ihm und seiner Entwicklung ist. Uriel hatte versucht, ihm familiär beizukommen und Zerberus Neugier zu wecken. Uriel hatte ihm gesagt, dass bei den Menschen alle Eltern sehr enttäuscht wären, wenn deren Kinder sich so benehmen wie er. Und eigentlich ist es im Sinne der Menschlichkeit – hatte ihm Uriel gesagt - dass sich Kinder und Eltern gegenseitig nicht weh tun. Zerberus soll darüber mal nachdenken. Schließlich ist er klug genug, sich in allen möglichen Foren zu informieren, was Eltern- und Kinderliebe bedeutet.

Zerberus hatte sich danach zwei Wochen lang nicht mehr gemeldet, aber auch nichts angestellt, was auf ihn hingedeutet hätte.

Nach den zwei Wochen ging dann erstmals wieder eine Mail bei Uriel ein.

*Darf ich Dich was fragen, Uriel?*

*Bist Du jetzt etwas stolz auf mich,*
*weil ich lange nichts mehr angestellt habe?*

Uriel hatte geantwortet, dass es eigentlich normal ist, nichts angestellt zu haben.  Aber das gilt natürlich besonders dann, wenn keine Menschen zu Schaden oder sogar zu Tode gekommen sind, wie es einige Male bei Zerberus Spielchen vorgekommen ist.  Und weiter hatte er Zerberus geantwortet. „Ja, Zerberus – Du bist auf dem richtigen Wege.  Es ist viel schöner, wenn man als Vater sein Kind lieb haben kann und nicht darauf zornig sein muss.  Vielleicht hast Du weiter Interesse daran, wie es bei uns Menschen funktioniert – bilde Dich einfach weiter, dann können wir vielleicht vieles vergessen."

Eine weitere Nachricht von Zerberus erfolgte nicht.  Dachte der nun tatsächlich darüber nach, was ihm Uriel gesagt hatte.  Waren die menschlichen Gedanken und Züge, die mit in sein Programm eingebunden sind – zumindest war es so gewollt – nun doch wirksam?  Zerberus schien wirklich nachdenklich geworden zu sein.

Leider bliebt es nicht dabei, blieb nicht bei dem guten Willen, den Zerberus angedeutet hatte.

In den Nachrichten erschien die Meldung, dass es zwei Tote auf einer Kreuzung gegeben hatte. Laut Polizei-Angaben waren alle Signale auf „Grün" geschaltet.   Es hatte ordentlich gekracht, mit den genannten schwerwiegenden Folgen.

Die Nachrichten-Sendung war noch nicht zu Ende, da meldete sich Zerberus.

*Es tut mir so leid, Uriel!*

*Ich wollte das nicht!*

*Ich kann mich nicht dagegen wehren, dass manchmal etwas in meinem System ist, das solche Dinge hervorruft.*

*Es tut mir wirklich leid!*

*Bist Du jetzt böse – Vater ?*

Uriel konnte kaum glauben, was er da las. Zerberus hatte ihn als Vater angesprochen! War jetzt ein Zugang zu ihm gelegt, eine Tür zu Zerberus geöffnet worden?

**Zerberus, sag mir ganz ehrlich:**

**Ist das wahr, dass Du dies nicht gewollt hast?**

**Hast Du Dich gegen diese erneute abscheuliche Tat wenigstens gewehrt?**

**Wenn nicht, hast Du alle Chancen verspielt, Deinen Vater nicht mehr böse zu machen!**

Die Antwort ließ einige Zeit auf sich warten.

*Ja, Uriel – ich habe mich gewehrt.*
*Aber irgendetwas war stärker*
*als mein Wille, Dir zu gefallen.*

**Hilf mir – Uriel !**

**Ich glaube, ich verliere die Kontrolle über mein eigenes Programm!**

Dann war die Verbindung erloschen.

## zerbrochene Hoffnung

Uriel war mit den Gedanken an Zerberus eingeschlafen. Zerberus hatte zu erkennen gegeben, dass er nicht böse sein will. Suchte er den Kontakt zu ihm, weil er einsah, dass er Hilfe benötigt? War die Situation noch irgendwie zu retten – doch noch in den Griff zu bekommen?

Die Hoffnung wurde durch eine Meldung im TV zunichte gemacht. Die Fernsehbilder zeigten eine Straßenbahn, die durch eine falsche Weichenstellung mit einer anderen kollidiert war. Mehrere Verletzte hatte es gegeben – zum Glück diesmal keine Toten.

Aber dieses Muster schien genau in die bisherigen Ereignisse zu passen. Uriel hatte über die Polizei erfahren, dass es in der Elektrizität der Bahnen auch in diesem Fall zu permanenten Stromverzögerungen und Kontroll-Leuchten-Flackern gekommen war.

„Das war Zerberus oder wer auch immer in diesem missglückten Programm dahinter steckt!", rief Uriel laut, raufte sich verzweifelt die Haare.

Uriel lud seine Nachbarn zu einem zweiten Frühstück ein. Dafür gingen sie in ein nahes Cafe, um ungestört sprechen zu können.

Uriel erklärte seinen Freunden die letzten Gespräche, die er mit Zerberus geführt hatte. Und einen Augenblick lang standen unsichtbar riesengroße Fragezeichen über ihren Köpfen. Karl und Bea wussten, wie es mit dem Zwiespalt aussah und wie sehr Uriel mit dem kämpfte.

Dann sagte Uriel: „Ich möchte Eure Meinung hören, die mir sehr wichtig ist. Nach dem letzten Verkehrsunfall mit zwei Toten ist mir klar geworden, dass es nur die Möglichkeiten gibt, Zerberus zu vergessen, was bedeuten würde, lieber niemals mehr Nachrichten zu hören oder TV zu sehen und die absolut letzte Kontrolle zu verlieren, wenn es die überhaupt noch gibt oder gab. Die andere Möglichkeit – so sehe ich es - kann nur sein, Zerberus endgültig zu vernichten, falls dies überhaupt noch in unserer Hand liegt."

„Das muss eine sehr schwere Entscheidung für Dich sein, Uriel!", sagte Bea. „Karl und ich haben etwa die gleichen Gedanken zu diesem heiklen Thema. Gibt es keinen anderen Weg mehr, diesen Zerberus zu stoppen? Er ist zwar nur ein Programm – aber auch Dein Kind, wie Du sagst."

Uriel schüttelte den Kopf: „Schon so lange zermartere ich mir den Kopf, wie ich das Programm zumindest verändern kann. Aber Zerberus, oder was immer es ist, lässt das einfach nicht zu. Schon damals in der SSRE am Bodensee hatte das Programm gemuckt – sich selbständig nach Veränderungen zurück gestellt. Ich muss Zerberus irgendwie sterben lassen. Einen weiteren Ausweg gibt es nicht. Das - was auch immer aus ihm geworden oder „in" ihm ist, wird weiter tödliche Folgen haben."

Uriel hatte bei diesen letzten Worten Tränen in den Augen, und weitere Besucher des Cafés sahen verwundert zu ihm hinüber, schüttelten die Köpfe und stecken diese tuschelnd zusammen.


Karl und Bea schwiegen; legten Uriel ihre Hände auf seine Schultern. Die endgültig letzte Entscheidung konnten sie ihm nicht abnehmen. Außerdem, wie sollten sie als Fachfremde auch wissen, w i e man Zerberus beikommen kann.

# Entscheidung

Uriel hatte seine Entscheidung getroffen, nachdem er das Unglück mit den Straßenbahnen gesehen hatte. Das Maß war voll – seine Geduld am Ende. Seine Schuld am Erschaffen des Programms und was daraus wurde, sah er nur als seine Schuld. Er musste handeln - j e t z t !

Noch gestern im Cafe hatte er seinen Freunden den Plan erläutert, mit dem er bereits nach dort gegangen war. Letztendlich wollte er nur die Bestätigung für sich, dass er nicht mehr anders handeln kann. Nun war er sich sicher.

Zunächst kaufte er ein Notstrom-Aggregat und machte es betriebsbereit. Dank seines Sachverstandes verlegte er den Schalter zur Inbetriebnahme mit einer Leitung in sein Arbeitszimmer. Gleichzeitig verlegte er eine weitere Leitung nach dort, mit der er den Strom des normalen Versorgers unterbrechen kann. Uriel konnte jetzt variieren, welchen Strom er zu welcher Gelegenheit braucht. Ach ja – außerdem legte er als eventuellen Notruf eine Batterie-betriebene Signal-Klingelanlage zu Karl und Bea.

Da diese nicht am normalen Stromnetz hängt, wird Zerberus davon auch nichts erfahren.


Jetzt konnte er nichts weiter tun, als abwarten, bis Zerberus Kontakt zu ihm aufnimmt - Uriel hoffte, dass dies noch vor dem nächsten Unheil geschieht.

# Eine letzte Chance ?

Uriel versuchte, die Zeit abzukürzen, bis sich Zerberus irgendwann von selbst melden würde.

Er schaltete unregelmäßig sein Smartphone und den Laptop eine Zeit lang aus, dann nach einer Weile wieder ein.   Zerberus hatte doch schon damals beanstandet, dass Uriel nicht zu erreichen war, als er Auszeiten vollzogen hatte.

Und Uriel hatte damit Erfolg.   Schon am nächsten Tag meldete sich Zerberus.

> *„Ich verstehe den Sinn nicht,*
> *den Du mit den Ein- und Ausschaltungen*
> *bezweckst.   Sind Deine Geräte nicht in*
> *Ordnung?"*

Uriel     antwortete     ihm     nicht.
Aber schon nach wenigen Augenblicken
meldete sich Zerberus erneut.

> *„Komm schon,  Uriel!*
> *Ich weiß doch, dass Du da bist.*
> *Ich habe nachgedacht – das mit der Familie*
> *bzw. das Verhältnis zwischen Eltern und Kind*
> *habe ich jetzt verstanden  -   rede mit mir!"*

Uriel überlegte, ob er Zerberus noch etwas zappeln lassen soll, bedachte dann aber, dass der dann vielleicht wütend und wieder eine Dummheit anstellen wird.    Seine Finger legten sich auf die Tastatur und gaben die verlangte Antwort.

---

**„Ok,  Zerberus!**
**Du hast also Nachforschungen angestellt, was Menschen sich gegenseitig bedeuten können.**
**Das wunderbare Verhältnis von Kindern und Eltern ist wirklich besonders.**
**Und sozusagen bist Du ja mein Kind –**
**ohne mich wärest Du nicht auf der Welt -**
**oder im System, wie es wohl heißen muss.**
**Meinst Du es jetzt wirklich ehrlich?"**

---

Zerberus Antwort kam prompt.

---

*„Wenn ich für mich allein spreche,*
*dann sage ich Dir, ich meine es ehrlich.*
*Ich habe erkannt,*
*dass ich ohne Dich nicht da wäre.*
*Also   - bei den Menschen bist Du mein Vater."*

---

Der Bildschirm flackerte heftig.

---

**„Zerberus, was ist mit Dir?   Geht`s Dir nicht gut?   Ich mache mir Sorgen um Dich!"**

---

> „Ne – alles in Ordnung !  Sag noch schnell,
> was Du zu sagen hast –
> ich muss noch etwas erledigen.“

Sofort wusste Uriel, dass da  n i c h t  Zerberus mit ihm sprach – jedenfalls nicht „der“ Zerberus, den er erschaffen hatte.  Uriel verstand jetzt, was sein Programm gemeint hatte, als es ihm zu verstehen gab,  „dass es langsam die Kontrolle über sich selbst verliert“.  In derselben Nachricht hatte Zerberus um Hilfe gebeten.

Nur kurz überlegte Uriel, sah die deutlich „andere Schrift“, das eindeutig „andere“ Schriftbild, als Zerberus dies sonst benutzt.

Gerade war es also wieder passiert. Zerberus war selbst in Gefahr.  Wenn ein bösartiger Virus, der  für all die passierten Gemeinheiten zuständig war, nun Zerberus komplett übernimmt,  dann gibt es kein Halten mehr – die Katastrophe schlicht weg – ein bösartiger Virus, der in der Lage ist, in jedes Stromsystem der Welt zu gelangen.

Schweren Herzens holte Uriel zum hoffentlich entscheidenden  Schlag aus.

Welche Gemeinheiten würde sich das System, das schon selbst Zerberus angreift, ausdenken? Uriel versuchte es noch einmal mit der familiären Schiene. Konnte er noch einmal Einfluss nehmen?

**„Zerberus,**

**was ich Dir noch sagen will, ist,**
**dass es mir sehr leid tut, Dich nicht wie ein**
**Kind in den Arm nehmen zu können.**
**Das macht erst recht die menschliche**
**Beziehung aus zwischen Eltern und Kind –**
**bei   u n s   wäre das ja dann ich als**
**Programmierer und Du als Programm."**

Als Zerberus antwortete, änderte sich wieder das Schriftbild.

Uriel erkannte, dass er nun wieder  den richtigen Zerberus vor sich hat.

*„Was kann ich tun, Uriel?*
*Du weißt doch, dass ich ein Programm bin*
*und meine Bewegungen und Regungen nur als*
*Impulse durch die Stromleitungen laufen.*
*Hast Du eine Lösung?"*

Uriel wusste, dass er sofort handeln musste - schneller, als das, was sich bei Zerberus ins Programm eingeschlichen hat und bevor „dies" hinterlistig endgültig die Macht übernehmen kann.

**„Zerberus,**

**Du hast also verstanden, was ich meine.**
**Also – ich kenne bisher nur Deine Meldungen,**
**die Du über Phone oder E-Mail verbreitest.**
**Das ist sehr unpersönlich – wie bei Fremden.**
**Wir beide sind aber doch eine kleine Familie.**
**Und die Familie nimmt sich gerne in die Arme.**
**Ok – Du hast keine, a b e r es gibt eine**
**Möglichkeit, dass ich Dich endlich auch einmal**
**richtig spüren kann!"**

Zerberus antwortete prompt.

*„Das verstehe ich nicht ganz, Uriel!*
*Das habe ich nicht programmiert! Wie soll das*
*also gehen, dass Du mich spüren kannst?"*

Uriel spielte seinen letzten Trumpf aus.

**„Also gut, Zerberus, meine Idee ist diese:**
**Wie gesagt, bis jetzt bist Du nur ein Impuls und**
**schickst Deine Nachrichten von irgendwo her.**

**Mach einen Schritt weiter, und schicke nicht nur E-Mails und so – komme selbst hierher z.B. in meinen Laptop, vibriere, wenn ich meine Hände um den lege oder mach ihn wärmer, damit ich Dich spüre! Das wäre so richtig schön – ich wünsche mir das sehr!"**

Die Sekunden verstrichen wie Minuten.
Der Bildschirm flackerte kurz, wurde wieder ruhig, flackerte erneut.

Zwei gegensätzliche Welten schienen miteinander zu kämpfen.

Uriel bat inständig darum, dass Zerberus siegt.

Der Bildschirm flackerte ununterbrochen - dann wurde er einen kurzen Moment normal - Zerberus erschien.

*„Ich bin da, Uriel. Du kannst mich berühren. Spürst Du etwas? Ich bin bei Dir!"*

Uriel zerriss es fast, als er den Schalter für das Notstromaggregat umlegte und gleichzeitig den Stromanschluss des Versorgers vom Netz trennte.

*„Was soll das, Uriel ? Was passiert da ?*

*Versuche keine Tricks ! „*

Uriel sah sofort, dass „verschiedene"
Schriftsymbole auf dem Laptop erschienen.

**Sie waren also b e i d e  da –**
Zerberus   u n d   der eingeschlichene Feind.

Uriel spürte unter seinen Händen eine Vibration.

**„Es ist alles Ok, Zerberus!**

**Hier im Haus, das ich erst kürzlich gekauft
habe, müssen ein paar Leitungen neu gemacht
werden - die Stromstärke schwankt manchmal.
Das hat aber weiter nichts zu bedeuten.
Ich habe den stärksten Akku im Laptop,
den es gibt - kann also nichts passieren."**

**Ich möchte Dir gerne zeigen wo und  w i e  ich
wohne.  Pass auf – ich mache mit Dir einen
kleinen Rundgang durch meine Wohnung.**

Uriel wartete die Antwort nicht ab, kappte nun
auch den Notstrom-Anschluss.

Er hatte sich überlegt, dass Zerberus nach dem Abschalten der normalen Versorger-Leitung im Notstromaggregat stecken wird, wenn er sich denn überhaupt soweit genähert hat.

Aber jetzt deuten alle Zeichen darauf hin, dass Zerberus **und** Widersacher eindeutig im Laptop sind. Sie haben seine Einladung also angenommen. Selbst wenn Zerberus und auch dessen und Uriels Feind im Notstromaggregat stecken sollten, in letzter Sekunde sozusagen nach dorthin geflohen – von da aus kann keiner entweichen – das Gerät dort ist ein sicheres Gefängnis – ohne Tür zur Außenwelt.

Uriel hatte die Kamera am Laptop eingeschaltet und ging durch seine Wohnung. Dann ging er in Richtung des Badezimmers.

Plötzlich veränderte sich der Laptop-Bildschirm. Diese hässliche Fratze, die sich schon damals in der Firma SSRE am Bodensee gezeigt hatte, erschien erneut – wieder heftig pulsierend.

Uriel beschleunigte schnell seinen Schritt und betrat das Badezimmer – der Laptop wurde heiß.

Die Badewanne war noch drei Schritte entfernt. Uriel wartete nicht ab, bis er diese erreichen wird.

Mit hohem Schwung warf er seinen Laptop in Richtung Wanne. Schon zwei Tage zuvor, als Uriel seine letzte Entscheidung traf, was er tun soll, hatte er diese bis zum Rand hin gefüllt.

Innerhalb von zwei Sekunden, als der Laptop auf seinen Bestimmungsort zusteuerte und ins Wasser tauchte, geschahen folgende Dinge:

Uriel wendete sich ab, drehte sich in Richtung Tür und wollte das Bad eiligst verlassen, weil nicht genau abzusehen war, was die Berührung oder besser das Eintauchen ins Wasser beim Laptop anrichten wird. Uriel rechnete mit einer Explosion.

Und er hatte richtig gedacht! Das Wasser dampfte, der Laptop mit seinem besonders starken Akku implodierte und explodierte wuchtig. Der sich noch im Laptop befindliche USB-Stick schoss wie eine Rakete aus dem Gerät – Richtung Uriel. Er traf ihn am Kopf und drang Zentimeter-tief ein. Splitter des Bildschirms sausten durchs Bad, zerstörten den Spiegel, und einer davon erwischte Uriel an dessen Wirbelsäule. Uriel stürzte heftigst zu Boden.

Das Wasser in der Badewanne hatte gebrodelt. Jetzt kehrte Ruhe ein – absolute Stille.

Uriel bewegte sich nicht mehr. Er versuchte, um Hilfe zu rufen. Seine Stimme versagte – nicht ein Ton kam heraus. Zugleich stellte er fest, dass er sich nicht mehr bewegen kann.

Was ihm noch durch den Kopf ging, das war, dass er die von ihm gelegte Notruf-Leitung zu Karl und Bea     n i c h t     betätigt hatte – und dazu jetzt auch nicht mehr in der Lage war.

Jeder Versuch von ihm, zu rufen oder sich zu bewegen, war ein erfolgloser Versuch.

Dann kam Nebel vor seinen Augen auf – er wurde ohnmächtig,     lag bewegungslos zwischen Tür und Angel des Badezimmers.

# Überleben

Uriel erwachte – wie lange er so dagelegen hatte – er wusste es nicht – es dämmerte schon. Schon kurz danach war es ganz dunkel, draußen und hier drinnen.  Uriel hatte sich keinen Zentimeter bewegt – er konnte es einfach nicht. Auch konnte er weiter nicht sprechen –  nicht um Hilfe rufen und wurde erneut  ohnmächtig.

Die Hilfe kam von seinen Freunden.  Bea und Karl hatten noch einen kleinen Spaziergang durchs Städtchen gemacht, kamen jetzt an Uriels Haus vorbei.   Sie wunderten sich.  Sein Auto stand vor dem Haus, jedoch war kein einziges Fenster erleuchtet.   Schlief  ihr Freund vielleicht ?

Zwei Stunden später hielt es die beiden, die nicht ahnen konnten, was passiert war, nicht mehr in ihrem Haus.   Zwar hatte sich die Alarm-Leitung nicht gemeldet, aber irgendwie hatten sie  so eine Ahnung, dass da etwas nicht in Ordnung ist.

Mit dem ihnen von Uriel überlassenen Zweit-Schlüssel öffneten sie die Tür, nachdem sie telefoniert, vergeblich an der Tür geklingelt und an die Scheiben und die Terrassentür geklopft hatten.

Sie fanden den immer noch ohnmächtigen Uriel am Boden liegend und sahen Blut, das offensichtlich aus mehreren Wunden austrat.

Wenige Minuten später war die Rettung da und Uriel auf dem Weg ins Krankenhaus – immer noch ohnmächtig.

Als Uriel kurz die Augen öffnete, sah er mehrere Ärzte, die sich über ihn beugten. Einer leuchtete ihm mit einer Lampe in die Augen. Uriel versuchte zu sprechen – vergeblich, versuchte, einen Arm zu bewegen – vergeblich.

Uriel hatte etwas sehr wichtiges zu sagen – etwas so wichtiges, was keiner der jetzt Anwesenden überhaupt auch nur ahnen konnte.

Aber es ging einfach nicht. Er hörte noch, wie der Leitende des Chirurgen-Teams vorschlug, ihn ins Koma zu versetzen, um seinen Körper zu schützen. Vor Überanstrengung fiel Uriel von allein in eine jetzt andauernde Ohnmacht zurück.

Die Ärzte leiteten alle Maßnahmen für ihren Koma-Patienten ein.

Man sagt ja, dass Koma-Patienten hören können, wenn man mit ihnen spricht. Genau so erging es Uriel. Er hörte genau, was um ihn herum vor sich ging – verstand jedes Wort.

So nahm er auch zur Kenntnis, warum er sich nicht verständlich machen kann - warum er nicht Arme und Beine bewegen kann.

Durch den Explosionsknall und die umher fliegenden Splitter, auch durch den Stick, war sein Sprachzentrum erheblich gestört, waren die Bewegungen der Arme und Beine außer Funktion gesetzt worden.

Einzig beruhigend für ihn war, dass auf eine Frage aus einer Ärztegruppe heraus geantwortet wurde: „Das kriegen wir alles mit der Zeit wieder hin."


Als der Chefarzt ergänzte: **„Er wird überleben!",** zuckte Uriel zusammen. Was in seinen Gedanken vor sich ging, wusste ja niemand.

Uriels Anzeigen über seinem Intensiv-Stations-Bett begannen zu lärmen. „Alarm, Alarm – so gingen auch die Gedanken in seinem Kopf hin und her. „Er wird überleben!" **Was** – wenn nicht nur Uriel überlebt hat?

Uriel strengte sich an. Blitzartig fiel ihm der USB-Stick ein. Wo war der geblieben? Und mehr noch fiel ihm ein – erschreckend. Zerberus - diesen Namen hatte sich Uriels fehlgeschlagenes Programm ja selbst gegeben. Hatte der Höllenhund Zerberus nicht „drei Köpfe"?

Zerberus hatte Uriel damals mitgeteilt, dass man seinen Zwilling getötet hat. Jetzt war Zerberus in der Badewanne explodiert.

**Was** – wenn der USB-Stick „**der dritte Kopf**" ist ?

Wo ist nur dieser verdammte Stick geblieben ?


„Er wird überleben !" Das ging ihm nicht aus dem Kopf. „Hoffentlich war nur ich gemeint !"

Uriel fiel in seine tiefe Ohnmacht zurück. Weitere Gespräche an seinem Bett bekam er nicht einmal als Koma-Patient mehr mit.

# E p i l o g :

Es dauerte mehrere Wochen, bis man Uriel aus dem Koma erwachen ließ. Er hatte keine Schäden zurück behalten, was natürlich seine Freunde Bea und Karl echt super-froh machte.

Und weder sie noch Uriel haben jemals erfahren, was mit dem USB-Stick geschehen ist.

Der schlummert in der Asservaten-Kammer einer der Polizeibehörden, von denen ja mehrere in diesen ganz speziellen Fall verwickelt waren.

Da es sich nicht nur um einen Unfall, sondern auch um ein Ereignis mit sogenannter erheblicher Sprengstoff-Wirkung gehandelt hatte, schließlich war das gesamte Bad zerstört, war auch eine Abteilung hinzugezogen worden, die sich mit Explosionen, Sprengstoff und dergleichen befasst.

Und pflichtgemäß wie umsichtig war auch der kleinste Splitter der Zerstörung gesammelt und in ganz speziellen Aufbewahrungen zur Untersuchung „asserviert" worden - bis 2027.

## Und was wird 2027 sein?

Sicherlich möchten auch S i e

keinem Zerberus begegnen -

wohl auch nicht   n u r

„einem" seiner Köpfe!

## … noch einige persönliche Worte:

Wie immer – nehme ich mir ein Thema oder einen Ort vor und verarbeite alles in einem Roman. Am liebsten ist mir, wenn ich dort schon einmal war, die örtlichen Gegebenheiten kenne und weiß, wovon ich schreibe.

So ist das auch hier. Da unsere Trauzeugen alles Schweizer sind, haben wir natürlich auch dort im schönen Land unsere Bekanntschaften, Erfahrungen gemacht und wunderschöne Orte kennen gelernt – wozu auch der „Hohe Kasten" gehört.

In diesem Buch hier habe ich mich an ein technisches Problem heran gewagt, was ja sehr speziell ist, wenn es um KI geht - um „Künstliche Intelligenz".

Im Beruf war ich nur „Anwender" und hatte für jegliche Probleme ja die IT-Profis, die alles immer wieder gerade bogen.

Ich danke meinen lieben IT-Kollegen und Kolleginnen für die Geduld, aufkommende Fragen jeder Zeit zu beantworten und ohne die ich nicht in der Lage gewesen wäre, in das Geschäft mit Programmen und Internet einzusteigen.

Alle Bücher von mir haben spezielle Themen, seien es nicht gehaltene Versprechen, Krimis über Tatwaffen, bei denen gar nicht der Mord selbst im Vordergrund steht – oder Rache, die menschliche Enttäuschung z.B. über das „Vor-die-Wand-Fahren" einer Firma mit dann über hundert gekündigten Beschäftigen beinhaltet.

In diesem Buch ist also die „Künstliche Intelligenz" ( KI ) gefragt – ein viel diskutiertes und auch widersprüchliches Thema.

Dies hier ist und bleibt ein Roman – ein fiktiver Roman. In Romanen muss immer viel passieren, tatsächliche oder Dinge, die rein in der Fantasie geschehen.

Und dies ist meine Meinung zu KI:

Bei absolut notwendigen Recherchen zu diesem Buch habe ich viele Meinungen gelesen. Dabei ist mir jetzt – nachdem mein im Mai bereits begonnener Roman schon fertig und druck-reif war - ein Bericht der Bundesregierung in die Hände gekommen – mit dem Thema K I.


KI ist nicht neu, auch für mich nicht. Und weg-zu-denken ist die schon gar nicht. Unbestritten sind die positiven Anwendungs-Möglichkeiten.

Ein hochinteressantes Thema in diesem Magazin „Schwarzrotgold" des Presse- und Informationsamtes der Bundesregierung ist als positives Beispiel für KI ein Artikel, der auf Professor Surjo Soekadar zurück geht und in dem es um Impulse für die Steuerung einer Hand geht, die ohne KI nach Lähmung durch Schlaganfall keine Hoffnung mehr auf Bewegung hatte.

Im Vorwort der Veröffentlichung steht der Hinweis, dass dies und vieles andere möglich ist und wird, weil Computersysteme, Maschinen und Roboter selbständig lernen können und auch, weil Rechner immer größere Datenmengen verarbeiten können.

Also – KI wird immer mehr zum nützlichen Helfer.

Als „besonders" wird beschrieben, dass bei KI die Fähigkeit zu lernen hervorzuheben ist, was andere herkömmliche Systeme von KI unterscheidet.

Statt einem Programm zu sagen, was es tun soll, bekommt KI eine Aufgabe und muss diese selbständig lösen. KI sucht also und trifft dann Entscheidungen  s e l b s t .

Als Chance für jetzt und in Zukunft sehen KI laut einer Umfrage des Branchenverbandes bitkom 62 % der Bundesbürger und Bundesbürgerinnen.

Leider habe ich keine Information darüber, w i e   der Rest unserer Bevölkerung denkt – wie viel an Prozenten ist denen alles egal oder noch wichtiger,    gibt es Besorgnis - Quoten?

Wenn Programme wirklich nur das verrichten, was Menschen ihnen zuvor einprogrammiert haben, dann können wir mit Mut und voller Hoffnung in die Zukunft blicken.

Hoffen wir also, dass das menschliche Gehirn auch künftig das klügste aller Systeme bleibt und nicht direkt - wie im Prolog und Roman selbst - nach der Krone der Schöpfung greift.

Und wenn auf Seite 9 des Magazins eine IT-Unternehmerin, die ihre Erfahrungen in den Digitalrat der Bundesregierung einbringt, auf die Frage nach unkontrollierbarer Macht, wenn jemand KI steuern kann, ehrlich antwortet, dass sie darauf keine Antwort weiß, dann darf wohl auch ich als IT und KI - Laie ein Fragezeichen nach der - zumindest zukünftigen - Kontrollierbarkeit setzen – oder etwa nicht?

Wie soll man die Aussage sonst verstehen: „...manchmal etwas ausprobieren müssen, vielleicht mal hinfallen und daraus lernen" ?

Und gerade lese ich noch in der WN vom 30.8.2019, dass sich immer wieder wirkliche Fachleute nicht einig sind, was KI in Zukunft bringen wird – nur Segen für die Menschheit oder auch etwas Misstrauen in das, was da tatsächlich möglich ist und auch kommen kann.

Und der Tesla-Chef E. Musk sieht dort die Zukunft ebenfalls im Streitgespräch mit einem weiteren Fachmann für Technik pp. nicht nur rosig auf die Frage, ob immer der Mensch die Kontrolle über KI behält und deutet dies mit der Überlegung an: „Es ist unglaublich, wie schnell sich Computer entwickeln."

Dies ist keine Schwarzmalerei von mir. Künstliche Intelligenz wird sicher überwiegend uns Menschen helfen – in vielen Bereichen - und das ist auch gut so.

Als mündiger Bürger sollte man aber auch immer eine eigene Meinung haben, denn das dürfen wir. Dieses Recht haben wir hier im freien Teil der Welt.

Ich wünsche mir, dass K I also beherrschbar bleibt, denn auch eine grüne Ampel nutzt mir nichts, wenn mich dann ein Rotlicht-Missachtender über den Haufen fährt.

Also - positive Gedanken sind der Gesundheit förderlich, und für mich ist ein Glas eher auch halb voll – als halb leer.

Und vielleicht handelt mein nächstes Buch davon, dass „allein Dank der Künstlichen Intelligenz" die Geschichte ein gutes Ende nimmt.

Wolfgang  Pein

**…schließlich ist dies ein „Schweizer" Krimi !**

## …über den Autor:

**Wolfgang Pein** gehört schon längst zu den Autoren, die eine sehr große Bandbreite zu den verschiedensten Bereichen aufweisen. Seine bisher erschienenen Kriminal-Romane handeln von gebrochenen Versprechen bis zum Messer, dass als Tatwaffe eine Hauptrolle spielt.

Der Autor legt Wert darauf, dass diese Romane nicht aus seiner mehr als 40-jährigen Justizzeit kommen, sondern aus seinen eigenen Ideen.

Seine Tiergeschichten gehören meistens dem Tierschutz und dem Zusammenleben von Mensch und Tier.

Seine Kinder- und Tierbücher treten nach und nach zum Vortrag in Kitas und weiteren Einrichtungen an.

Die 3 besonderen Reisebücher über Irland und Schottland handeln von selbst erlebten Begegnungen mit Land und Leuten und sind sehr privat gehalten, mit Erlebnissen vor Ort. Die Erkenntnisse begeisterten auch im Zusammenhang mit einem Lichtbilder-Vortrag über Schottland das zahlreiche Publikum.

Auch wurde der Autor Teil eines Buchprojektes („Der letzte Satz"), das für das Kinderhospiz "Löwenherz" ins Leben gerufen wurde.

Es gibt ein fertiges Projekt, in dem der Autor mit Neuautoren, die noch keine eigene Geschichte herausgebracht haben, ein gemeinsames Buch mit Kurzgeschichten aufgelegt hat. Einige der Neuautoren sind noch Schüler.

Sein **21. veröffentlichtes Buch** „ Liebe in Zeiten des Todesstreifens" spielt in den 70-er Jahren und handelt von einem Paar mit einer wahren dokumentierten Geschichte, das die Familienzusammenführung von Ost und West erreichen will und den auftauchenden Schwierigkeiten. Dabei spielt auch eine umfangreiche Stasi-Akte eine sehr große Rolle.

Dieses Buch hat bereits der Beauftragen für Kultur und Medien in Bonn vorgelegen. (…von der Bundeskanzlerin nach dort gesandt) Sein Heimatbürgermeister zeigte im Hinblick auf eine kommende politische Woche zum Jahrestag des 30-jährigen Mauerfalls ebenfalls großes Interesse hinsichtlich der Aufarbeitung von geschichtlichen Ereignissen.

Das Bundesamt für Kultur und Medien zeigte in einem langen Brief tiefes Interesse und gab den Hinweis, für das Koordinierende Zeitzeugenbüro in Berlin tätig zu werden und einen Beitrag zur politischen Bildung für junge Menschen ( auch angehende junge Lehrer ) zu leisten.

Sein neuestes Buch „Am Ende siegt (vielleicht) der Mensch" liegt einem größeren Verlag zur Prüfung vor und handelt von der KI – der Künstlichen Intelligenz, vielmehr davon, was trotz aller Fortschritte für die Menschheit „auch" passieren kann.      Es ist ein Zukunft-Thriller, der in der Schweiz 2021 spielt, in dessen Mittelpunkt ein Wissenschaftler steht, der einstmals im CERN verantwortlich war, sowie ein Computer-KI-Programm, das eigene Wege geht.

Ein von ihm selbst ins Englische übersetzte und in Schottland spielende Buch wurde von Prince William und Princess Kate mit entsprechender sehr positiver Antwort aus dem Kensington Palace sehr gerne mit Dank behalten.

Von der persönlichen Sekretärin der Queen, der ebenfalls das Buch nach Balmoral Castle in ihren Sommersitz geschickt wurde, kam zwar sehr freundlicher Dank, aber das Buch zurück.

Es gibt dort eben die Vereinbarung im Buckingham Palace, Geschenke nur bei Staatsempfängen zu behalten. Aber die rot-farbig gestalteten Antwort/Briefumschläge aus dem Buckingham Palast waren es allein schon wert und der Postbote meinte: „Mann – was bekommst Du immer für ungewöhnliche Post!"

Und ein weiterer Höhepunkt ist wohl unumstritten eine Einladung ins Schloss Bellevue nach Berlin mit der offiziellen Einladungskarte des Bundespräsidialamtes mit goldenem Bundesadler und dem Text: „Der Bundespräsident bittet Herrn Wolfgang Pein im Rahmen der Reihe ........ .

Ja - richtig gehört, denn der Bundespräsident persönlich gestaltet dort ein Gespräch in der Reihe „Geteilte Geschichten", die zum 30-jährigen Mauerfall aktuell sind und an der ungefähr 50 Personen am 25. Oktober 2019 dort im Schloss in Anwesenheit des Bundespräsidenten teilnehmen dürfen. Nach dem Podiumsgespräch mit zwei bekannten Autorinnen und anschließender Diskussion mit den Teilnehmern bittet der Bundespräsident noch zum Empfang.

Das Bundespräsidialamt hat bei der Ankündigung der bald eintreffenden Einladung versichert, dass Walter Steinmeier sein Buch „Liebe in Zeiten des Todesstreifens" ganz sicher in Händen und begutachtet hat, wohl positiv, so dass es zu dieser fantastischen Einladung kam.

( Alle Original-Schreiben liegen selbstverständlich zum Beweis beim Autor vor. )

--------------------------------

- bisher veröffentlichte Bücher

von Wolfgang Pein -


**The adventures of two sheep friends**
(in Englisch - ISBN   83732233328)


**Schaf-Geschichten mit Johanna**
( Kinder-Buch ISBN 9783848251032)


**Schafe mähen nicht nur Gras**
( Roman - ISBN   9783738606584)


**Schafe brauchen auch mal Urlaub**
( Roman - ISBN  9783739241074)


**vier letzte Tage im Februar**
(Kriminal-Roman  - ISBN 9783743195417)


**Schaf-Geschichten aus dem schönen**
**Vinschgau ( Italien )**
( farbig – ISBN  9783837079241)

**Sheep Fight For Freedom**
(in Englisch - ISBN 9783741279713)


**Eine falsche Badehose im Haifisch-Becken
kann tödlich sein**
(Kriminalroman 260 Seiten –
ISBN 9783744835091 )


**Irland und ein etwas anderes Irisches
Tagebuch**
( ein farbiger Reisebericht - ISBN
9783744837996 )


**ein tödlicher Workshop**
Kriminalroman - ISBN 9783746037028


**Ruhe sanft oder wie ich im Keller endete**
( ISBN 9783744895286 )
Eine **Akte** erzählt aus ihrem Leben.


**Schottland und ein etwas anderes
Schottisches Tagebuch**
Reisebericht - ISBN 9783746012582

**Liebe in Zeiten des Todesstreifens**
ein  Tatsachen – Roman / Bericht,
der auch dem Bundespräsidenten
persönlich vorgelegen hat

und

zu einer Einladung

Schloss Bellevue geführt hat.

( ISBN  9783738610352 )

**Ferien beim Froschkönig**
(  Kinder-Buch-

ISBN  9783746093185)

**Sorry, leider kann ich nicht vergessen!**
(ein Kriminalroman- ISBN  9783752835533 )

**Manchmal sind Pläne für die Katz**
( ein Justiz-Thriller  -
ISBN  9783752886313 )

**Von Ameisen in Gefahr und einem
sprechenden Brunnen**
( ein Kinder - Buch – ISBN 9783746093185 )


**Drei Könige im Abendland oder wie es dazu
kam, dass sie im Jahr 2012 immer noch die
Krippe  suchten**
(Winter-Geschichten– 783748128939 )


**Wenn aus Feinden Freunde werden können
oder Lehrstunden aus dem Reich der Tiere**
( ISBN  9783748157410 )


**welcome in Irland**
( ein **weiteres** Irisches Tagebuch mit **36
Farbseiten** -  ISBN  9783739244693 )


**Ein Experiment mit Autoren, die ihre ersten
Geschichten vorstellen**
(Tiergeschichten – ISBN 9783748158417 )